Leyendas Mexicanas
Fantásticas
Misterio, pasión y brujería del río Lerma

Leyendas Mexicanas Fantásticas. Misterio, pasión y brujería del río Lerma.
D.R. © 2022 | Jorge Calderón Riebeling

Primera edición, 2022 | SHANTI GO S.C.
responsable de la marca Editorial Shanti Nilaya®
Fotografía en portada: Sofía Calderón Martínez
Diseño editorial: Carlos A. Rodríguez Gómez

ISBN | 978-1-957973-71-5
eBook ISBN | 978-1-957973-72-2

www.leyendasmexicanasfantasticas.com

@leyendasmexicanasfantasticas

@leyendasmexicanasfantasticas

Leyendas Mexicanas
Fantásticas
Misterio, pasión y brujería del río Lerma

Jorge Calderón Riebeling

El autor agradece a los patrocinadores:

Instituto Internacional
del Concreto Decorativo
www.iicd.online

Sistemas Profesionales
Guadalajara S.A. de C.V.
www.concretoestampado.com

A mis padres,
gracias por su amor y su ejemplo.

¡Juraría que las leyendas son completamente verdaderas!
E. Brian Ruiz G.

*Jorge te hace parte de los personajes, hace que te encariñes
y te conviertas en amigo de ellos.*
Maru Vázquez O.

*Te quedas con ganas de leer la siguiente historia. Todas se
entrelazan de manera inesperada, tal como es la vida.*
Guillermo González M.

*Jorge es ingenioso y describe con mucha claridad las historias
llenas de ternura. No quiero perderme ni una sola.*
Ana Celia Arreola B.

*Es un libro mágico. Sin darte cuenta, no sabes si estás
leyendo el libro o tus propios recuerdos.*
Sofía Calderón M.

Una obra muy nuestra, muy mexicana, fantástica, divertida y variada.
Carine de Limelette F.

*La intriga y el suspenso te mantienen al borde.
¡Incluso hasta la lista de personajes te sorprende!*
Breyton Méndez Q.

*Como magia, te transporta, te hace parte del relato,
mueve profundamente tus sentimientos y te dejas llevar.*
Virginia Ruiz de A.

*Nunca había leído algo así, es único, romántico, variado, intenso y
sentimental. Está lleno de magia. Siento que cobré más vida.*
Emilia Italocias M.

*Jorge rompe con el orden de los sucesos en el tiempo, intercala los
puntos de vista y te atrapa inevitablemente.*
Sabier de la BagazoU.

Dedicatoria

"Nunca des algo que no te han pedido", dice un dicho, y en ese caso, no regalaríamos mucho o tal vez nada.

Una dedicatoria no es un regalo, pero sí es un ofrecimiento, y como quiero que lo acepten, es mi deseo dedicar este libro:

A todos los que quieran transportarse a otro lugar, otra época y otras circunstancias.

A quienes quieran que les sean batidos sus recuerdos más sentimentales y por un momento quieran dejarse llevar para sentir un nudo en la garganta y quizás exprimir alguna lágrima que aun tenían guardada.

A quienes quieran volver a la niñez por un momento.

A quienes el amor les sea algo medular para su vida.

A quienes les guste el misterio y cómo se desencadena y entrelaza todo al irse resolviendo.

A quienes les guste la magia, la eternidad, lo espiritual y las coincidencias.

También a quienes les guste la tragedia no por martirio propio, sino porque reconocen en ella sus más profundos sentimientos.

También a quienes les guste los finales felices, que adentro de estas páginas encontrarán.

ÍNDICE

Agradecimientos

Imposible poder haber abierto este torrente de imaginerías sin la vida al lado de mis padres y mis hijos.

Imposible haber escrito con tanto sentimiento y sin haber paseado tanto y por tantos pueblos, ciudades, caminos y carreteras al lado de mi amada Maru.

Imposible escribir así sin haber amado intensamente, sin haber sentido pérdidas y sin tener recuerdos felices, y sin saber al menos un poco de la vida y las cosas que creemos importantes.

Además, he querido tomar inspiración de muchos buenos amigos y buenas personas conocidas mías, cuyos nombres he deformado o conservado en estos cuentos. Unas aún están presentes, otras ya se adelantaron, pero aquí seguirán vivas.

A todos, infinitas gracias, por este increíble viaje.

Nota sobre las referencias musicales

Entre muchos de los capítulos, verás referencias a las canciones sugeridas para la lectura, como la que sigue:

♫ *Cinema Paradiso, Michael Camilo, Tomatito*

Para encontrar rápidamente la melodía indicada, puedes ir a la playlist en Spotify llamada
"Leyendas Mexicanas Fantásticas"
en el canal de Jorge Calderón.

También puedes ir a la playlist directamente escaneando este código:

1

La infancia a las 5 y 7 de la tarde

♫ *De perdidos, al río, Claribel Ramón*

Don Juan, distinguido y amabilísimo comerciante propietario de las perfumerías Maxi, paseaba por un parque de Guadalajara y pensaba:

Qué agradable...: un poco nublado y con ligera brisa. No se puede uno considerar más bendecido cuando pasea con este clima, bajo estos árboles, en esta calma, con esta paz y tranquilidad.

Son de esos momentos en que todo se te olvida y estás tan presente que hasta se siente como que el tiempo se detiene.

Qué agradable olor a frescura, huele como que va a llover.

Solo me vienen recuerdos de jugar en la infancia, de las palmaditas que me daba mi mamá en el cachete, del sudor por haber corrido con mis amigos, ese que me resbalaba por la cara y sabía al limón con el que me habían peinado..., a limón con tierra. Y éramos felices.

Con gritos de "¡Ya métanse a bañaaaaar!" se terminaban las carreras, las escondidas y las trais.

Tocaban duro la puerta con otro grito: "¡Ya salte del baño!", mientras seguías en la tina imaginando absorto seguramente puras tonterías.

Ya en pijama y con el cuerpo húmedo, nunca supe cuándo aprendí a secarme bien.

Tacos de frijoles y tu chocomil, y córrele a la mesa para que no te ganen tu lugar: el último en llegar trae más frijoles y el pan...

¿Por qué recuerdo todo eso en color sepia? Hasta los codazos de "Hazme un campo" se me presentan en ese tono.

Ya después no me acuerdo de lavarme los dientes, pero sí de estar en la cama. Solo nos despachaban, nadie venía a decirnos buenas noches... Ni siquiera aquella vez en que me convertí en un muñeco de cartón...Pero de todos modos te dormías sin saber ni a qué horas ni qué soñaste...

Hora sí ya empezó a llover, lo bueno es que ando cerca de la casa, ya me voy.

2

La cueva en el río Lerma

Cuatro días llevo encerrado en esta cueva y no paran de buscarme. Malditos. Yo no la maté, fue Efrén, su hermano, él se quiere quedar con todo; seguro él es quien está pagando para que me encuentren y me maten.

No te vas a salir con la tuya. Tengo pruebas y testigos de que fuiste tú con tu pistola. Yolanda estaba lavando la ropa y tan metiche como siempre, estaba asomándose. Yo la vi ahí encerrado desde el ropero cómo ella se asomaba a cada rato cuando discutían. Clarito la vi cuando peló sus ojos al oír y ver cuando le disparaste a mi Márgara. Te estaba mirando a ti Efrén, te estaba mirando lo desalmado que eres. Ya no se me hace nada raro que se hayan ahogado hace unos meses tus padres, don Miguel y doña Ernesta; tus papás, Efrén, y tu propia hermana... ¿Cómo pudiste?

¡Yolanda! ¡Ella vio todo! ¡Tarugo!, ¡hasta ahorita pensé! ¡También la va a matar! Tengo que salir de noche para decirle, pero ¿cómo?, ¿cómo le hago? No me queda más que subir por el barranquito, por ahí nadie entra nunca al pueblo: me embarro de tierra, me rompo la ropa y me quito los zapatos, y con Dios queriendo me paso de indigente. Yo tanteo que salgo bien como a las tres de la mañana o cuando la luna se mire más chiquita. En Iztatán hay puro coyón, ni quien se asome si hago ruido a esas horas, además voy a ir muy en silencio.

Pos órale, ya es hora.

Está más oscuro que ayer, hora sí no se ve nada. Casi me mato si no me agarro de la rama, pero ya la libré con este barranquito.

Ahi voy a dejar los zapatos, me falta tierra para embarrarme los pies. Seguro me van a estar esperando en casa de Yolanda, mejor me voy para casa de sus primas.

Pos ya llegué, pero hora cómo le toco la puerta para no hacer ruido. Ira, ahí hay unas hojas tiradas, las voy a aventar por debajo de la puerta, dicen que doña Gabriela tiene el sueño ligero, capaz que se despierta.

—¿Quién anda ahí? —me dijo la doña después de un rato y le contesté susurrando:

—Doña Gabriela, ábrale, soy José Ramón, tengo algo muy importante que decirle de Yolanda.

—Pásate, mijo. —Abrió la puerta—. Mira cómo andas, hueles muy mal, pos ¿dónde andabas? Todo Iztatán te anda buscando.

—Pos claro, doña Gabriela, son gente de Efrén que quieren matarme, y si no avisamos a Yolanda, su sobrina, también la van a matar.

—No, mijo, siéntate, creo no sabes unas cosas. Siéntate, cálmate y escúchame. —La doña me trajo un jarro de agua de limón y una concha de pan que me devoré desesperado mientras le decía:

—Doña, cada minuto es importante, hay que avisarle a Yolanda.

—Mira, mijo, deja te cuento. Yolanda, mi sobrina, tuvo sus quereres hace tiempo con el coronel Sanderos y ya tenían rato de no verse. El día que te vieron salir como espantado el pueblo resulta que Sanderos estaba con Yolanda en los lavaderos de la casa de Márgara y fue él quien salió momentos después con los pantalones mal abrochados en defensa de ella, dándole tres tiros en el pecho a Efrén, que cayó chupando faros.

—Entonces, ¿Efrén está muerto?

—Sí, mijo.

—Maldito, te lo mereces, desalmado.

—Pos mira, creo ya sabes que Márgara se murió, se desangró muy rápido del tiro que le dio Efrén cerca del hombro. El dotor Sabier llegó rápido, pero no pudo hacer nada. Mientras Márgara se desangraba le preguntó a Yolanda por ti, repetía: "José Ramón no se lo merece, José Ramón no se lo merece…". Pero tú ya te habías ido corriendo.

—Pos claro que me quería mi Márgara, ese era amor del bueno.

—Hora agárrate, que viene lo bueno, mijo. El dotor Sabier analizó los cuerpos de don Miguel y doña Ernesta hace unos meses y dijo que no fueron ahogados, que fueron envenenados con cianuro revuelto con pasiflora y piloncillo. Los dos tenían la lengua y los dedos amarillos y… ¿Dónde vas tú a creer que se encontraron los dulces de pasiflora?

—Seguro los cargaba el maldito Efrén.

—No, mijo. La Márgara es la que tenía los dedos amarillos cuando entró en el hospital. Ella tenía en su cajita de dulces la pasiflora envenenada para dársela como dulce también su hermano el Efrén, que había hablado antes que nadie con el doctor y había notado los dedos amarillos aquella, por lo que fue a enfrentarla. Lo malo es que el pobre ahí quedó también.

Ya está amaneciendo, mijo. Deja te sirvo un café para que te lo lleves a tu casa y te metas a bañar. Cálmate, ya todo pasó. Voy a ir a misa de siete, terminando doy aviso de que ya llegaste y estás bien. Tú descansa, que tienes mucho en que pensar.

—No sé ni qué decirle, doña Gabriela, para mí ya nada va a ser igual.

—Llévate otra concha, ándale.

—Gracias, muchas gracias, doña Gabriela.

—Ah, se me pasaba decirte, pos ya ves, en pueblo chico sabe uno todo, que te vayas con el notario para que te entreguen la mitad de las tierras de don Miguel y la hacienda chica de Iztatán. Dicen que así dispuso Efrén después cuando supo que pedirías la mano de la Márgara. Dicen que quería que fueras como su hermano.

José Ramón siguió sentado un rato más en silencio, contrariado y profundamente conmovido.

3

❦

Nina y Mamá Esther

—Mamá Esther, ¿qué estás leyendo?

—Ven, Niní, mira, es el libro de *Leyendas Mexicanas Fantásticas*, fíjate qué bonitas imágenes del río.

—Sí, qué bello. ¿Está lejos o cerca?

—Pues, no es para ir a pie, pero en una mañana podemos llegar.

—¿Le decimos a papá Óscar que nos lleve un día?

—Sí, Nina, hora que llegue, le vamos a comentar. Mira esta imagen de las tres monjas. Son muy chistosas, dicen los relatos que no paraban de alegar. ¿Y ves estas margaritas?

—Sí.

—Pues ese nombre, "Margarita", le pusieron a tres hermanas.

—¿Pero cómo? Qué extraño. ¿Lees los relatos muy seguido verdad?

—Sí, mija, me gustan mucho, aunque algunos no son para niños, porque son de la Revolución. Pero hay otros muy bonitos. A mí me parece que el autor quiere que volvamos a vivir sentimientos no solo de argüendes, sino de cosas muy lindas como el perdón, el reencuentro con seres queridos, el amor bonito en la pareja y familia, la integridad de la palabra y también lo importante que son las buenas obras, porque quedan para siempre al menos en el corazón de alguien. Es un libro con partes muy graciosas, otras muy amorosas y sentimentales, otras de a tiro muy tristes. Unas hasta llevan mensaje para los niños y también para los adultos, como el relato del gigante.

—¿A poco sale un gigante?

—Sí y también una sirenita morada, una bruja buena y muñecas que tienen vida y se mueven por sí solas.

—Ah, qué bonito… Mamá Esther, ya están sonando las campanas de las seis, ¿ya te tomaste tus chochitos?

—Sí, ya mija.

—Oyes, ¿y cuál es el cuento que más te ha gustado?

—No puedo tener uno favorito pero me viene a la mente el del niño Sergio cuando se reencuentra con sus papás es muy dulce y sentimental, pero hay otros muy, muy…, pos intensos, les podríamos decir, y otros curiosos en donde salen esas monjas que te digo, monjas que nomás alegan y te hacen reír. Hora, mira, también hay otros que parece que no terminaron bien, como que les faltó algo, pero luego en otro cuento distinto te das cuenta cómo es que todo terminó y eso te da mucho suspenso. ¡Ah!, y cuando piensas que una historia terminó, pues resulta de que no, que continúa más adelante, eso te sorprende porque además lo cuenta otra persona distinta.

—¿Y qué otro?

—Bueno, mira, hay una señora, Adelfina, que todo el tiempo mencionan, fue muy importante, aunque yo no la conocí. Hizo muchas cosas y muy buenas por la gente de Jalisco. Hora, lo interesante es cómo se van hilando todas las historias y los personajes van siendo cada vez más importantes hasta que se resuelven grandes misterios al final.

—Oyes, y esa señora del delfín, ¿sí fue de a deveras?

—Ja, ja, ja, Adelfina, mija, y sí, fue verdad que existió y también hizo muchas cosas buenas. ¿Te acuerdas que a veces viene don Porfirio y tu Papá Óscar le presta el carro?

—Sí, mamá.

—Pues en el carro de tu Papá Óscar, don Porfirio se va a Chapala al Hotel Nido o a una hacienda en el camino, que se llama La Florida. Se va a descansar. Esa hacienda y sus fiestas se mencionan en el libro. Eran eventos muy elegantes y muy alegres también. También el autor del libro hizo unos cuentos pequeños y otros un poco más largos. Te cuenta cómo ven las mismas cosas distintas personas; hay cartas personales, sueños y muchas cosas más. Fíjate, ¡hasta sale un niño que se convierte en pato!

—¡Ya quisiera ser grande para leerlos todos! ¿Me puedes leer alguno, por favor?

—Sí, mija, ven, siéntate aquí conmigo, te voy a escoger los de magia para niños, ¿sale?

La niña Niní se sentó en las piernas de su Mamá Esther y sonrió feliz.

4

‡

Adelfina llegó y se fue

Ya era hora de que llegara el Lic. don Héctor Labrea de Gromiche y Lagartúa, embajador de Navarra, España, para servicio de sus connacionales, así como de turistas de Guadalajara, capital de nuestra nación Jalisco. Tres años y medio tardó la construcción de la gran embajada sobre la Av. Libertad; ocupaba una cuadra completa, dando espaldas a La Paz, y quizás ese fue el error.

En la comitiva, únicamente selectos reporteros, personajes de la alta sociedad, militares de alto grado, el primer ministro de Jalisco y su familia lo esperaban en la calle acordonada. La muchedumbre, afuera.

Sombrillas y todo tipo de amenidades elegantes había, como una gran barra del mayor surtido de bebidas, y otro enorme y elegante tenderete con los más deliciosos ambigües. Impecables y brillantes tapetes rojos y blancos, como el escudo de nuestra gran y leal ciudad, cubrían de lado a lado la calle Moscú, por donde estaba indicado el protocolo del evento. Los veintiocho músicos de la banda estaban aburridos, vacilaban y reían, a pesar de las miradas indiscretas que les lanzaban los miembros de la *high*.

El primer ministro Lic. don Alberto Tinajón y Rodante subió al podio y avisó a la distinguida comitiva:

—Dijeron que llegarían a las once y ya es la una, seguro ya no deben tardar —dijo justo cuando se empezaron a escuchar los cascos de caballos que jalaban el carruaje del dignatario, venían bajando por Av. Libertad.

—¡Oigan todos! ¡Ya están llegando! Abran paso —gritó alguien.

Dos caballos colorados cuarto de milla, nada del otro mundo, jalaban el negro y flamante carruaje con banderines de España y Navarra. Llegando al podio se detuvieron y, de golpe y aprisa bajó don Héctor, el embajador, con su barba y cabello negro, y no permitió por ningún motivo que nadie abriera la puerta izquierda. Sin saludar a nadie se acercó con paso firme al otro lado del carruaje y le abrió la puerta a su señora esposa, a quien con la mayor humildad y gentileza invitó a bajar del carro. Doña Adelfina, muy discreta, asintió con su cabeza y sutil sonrisa a las miradas curiosas que alcanzó a notar al ir bajando. Acercó su mano a la de su esposo y descendió con gracia del carruaje, el cual fue despachado de inmediato.

Sobra decir que todas las miradas se posaron en Adelfina, como un fuerte imán. Su piel era brillante como azulejo blanco, incluso a la sombra de los fresnos y bambúes. Sus ojos, pequeños, y sus negras pestañas resaltaban por su verde oscuro y profundo... ¿O gris? Qué vestido tan discreto y de qué categoría. Seguro no medía más de metro y medio la elegante dama, pero uno la percibía mucho más alta.

Adelfina María Cecilia de la Puente y Zarapesa, nacida en Puebla, fue la de en medio de siete hijos. Se casó a los diecisiete años apenas, habiendo conocido por dos meses al gentil y decidido Héctor Labrea de Gromiche y Lagartúa, estudiante de Derecho por la Universidad de Salamanca, durante sus prácticas preparatorias para su examen de graduación.

—No fue un capricho —dijo el licenciado en entrevista—, fue más bien, y a simple vista, un robo de mi corazón en despoblado.

Todos los festejos y gratas palabras de bienvenida al embajador y su señora esposa terminaron como era esperado: mucha cortesía, sonrisas, discreción y refinamiento, a pesar de la notable merma en las existencias de licores. La banda tocaba ya desafinada y suspendidos los músicos se retiraron muy alegres. La muchedumbre tronaba cuetes y al menos una cuadra de Av. De la Paz parecía como las fiestas patronales de algún pueblo.

Qué festejo tan agradable y memorable fue esa bienvenida el 26 de septiembre. Los difundidos periódicos *La Informadora* y *Nuestro Tiempo* llevaron hábilmente la noticia del evento colocando en la primera página apacibles y bellas imágenes de Adelfina. Los titulares indiscretos "Navarra tiene embajadora" y "Adelfina llegó" lograron agotar el tiraje de los impresos antes de las diez de la mañana del día siguiente.

El matrimonio nunca pudo tener hijos, pero a don Héctor nunca le pesó. Su corazón estaba dedicado a dos cosas y solo dos: servir y amar a su Adelfina, y servir y amar a Navarra y su patria. No había mañana que no se levantara antes que Adelfina, a veces para traerle el desayuno, un café o tan solo un amoroso beso de buenos días. No había día que evitara el interés de lo que Adelfina haría y no había cosa que él no hiciera para facilitarle su vida. Además de eso, el resto de su tiempo era la dedicación por la embajada, el cuidado de sus paisanos y las relaciones internacionales.

No se le puede tachar a este dedicado y noble personaje, pero Adelfina..., Adelfina era muy diferente, y no lo pienses mal. Ella sí sufrió el pesar de no tener sus propios hijos, los hijos de su matrimonio. Viniendo de tan amplia familia, ella soñaba con todas las etapas de la maternidad: muchos hijos y criarlos a todos y ser madre, como todas las madres. Porque eso es algo que nace en todas las madres y es algo para lo que se vive... y se muere.

A su pesar cayó en razón de que sus hijos serían todos a quienes ella pudiera servir, y así dedicó su vida a dos cosas y solo dos: servir y amar a su don Héctor y servir y amar al prójimo.

♫ *Bells, Roger Eno*

Era verano y habían pasado pocos años de la bienvenida cuando *La Informadora* y *Nuestro Tiempo* abrumaron con tremendo cielo negro los corazones de todos los tapatíos, de quienes se opacaron sus almas y sus esperanzas.

Los titulares "E. P. D. La embajadora" y "Nuestra embajadora se fue" cayeron como si fuera una tromba a chiquillos en el parque. Corrían las lágrimas y los pesares.

Cuán leal ciudad es Guadalajara que ha librado batallas ante invasores sin doblegarse aun con tantas vidas arrebatadas, y ahora..., ante esta pequeña y gran señora, se encontraba completamente abatida, como un árbol partido y quemado por un rayo.

No hubo negocio ni casa que no pusiera un moño negro en su puerta, y más que eso: no hubo ni un corazón que no se sintiera arrebatado.

Don Héctor tardó lo mínimo indispensable en entregar su despacho para retirarse al anonimato, y nunca más se supo de él ni aquí ni en su tierra Navarra.

Tardó 57 días de lluvia en darse el aviso oficial del terrible suceso junto con la notificación formal del cierre de la embajada en espera de sustituto. El fúnebre evento, encabezado por el reelecto primer ministro de Jalisco, Lic. don Alberto Tinajón y Rodante, fue llevado a cabo en el mismo lugar de la bienvenida.

Las calles ahora se dejaron abiertas, así lo hubiera querido Adelfina.

Desde muy temprano se colocaron los tenderetes, pero como la lluvia no cesaba, ya no se coloraron los tapetes. En esta ocasión, por supuesto, no hubo músicos ni bebidas ni ambigú, solo flores blancas que la gente llevaba voluntariamente para tapizar la calle, que se veía hermosa y triste.

A las dos de la tarde, todo estaba listo y esta vez sería puntual. Todo estaba listo y el cielo estaba negro, negro, lloviznando parejo y sin cesar.

La Paz y Libertad estaban llenas de gente con flores blancas y todo era silencio. Era de llamar la atención que todos los del pueblo de Iztatán estaban presentes, todos con mucho respeto y flores blancas.

Subió al podio don Alberto Tinajón y dijo:

—Confirmo lo publicado por *La Informadora* y *Nuestro Tiempo*. Hace 57 días se nos fue una estrella fugaz. —Se le quebraba la voz, pero de a deveras. —. Hoy la ciudad completa despide con sus corazones rotos a nuestra pequeña y gran señora Adelfina. Extendemos nuestro más sentido pésame a nuestro gran amigo y embajador don Héctor, dondequiera que se encuentre, teniéndole infinita gratitud por habernos traído el enorme regalo de su señora Adelfina. —Se le cuajó la voz de nuevo, la muchedumbre rompió en llanto—. A Adelfina..., ejem..., le dio un aire y se nos fue. Don Héctor estuvo a su lado como siempre lo hacía. Simplemente se nos fue. —Se quebró en un llanto que trató de contener y ya no pudo terminar.

Después de diez minutos de silencio y al ver que nadie concluía, Joaquín Dorantes, prestigioso y joven reportero de *Nuestro Tiempo*, se atrevió a tomar la palabra para agradecer la compañía de todos y dio por terminado el evento, pero mucha gente se quedó ahí de pie, como faltando quién guiara, toda vestida de negro con sus flores blancas en la mano y en el piso, en la llovizna. Nadie tomó fotos del evento, ni *La Informadora* ni *Nuestro Tiempo*.

Don Alberto Tinajón miró a Joaquín y asintió con la cabeza, como diciéndole: "Bien hecho, gracias".

No muy lejos del podio, entre la muchedumbre, se encontraba la maestra Ofelia Ocampo Medina, la coordinadora escolar de las casas hogar fundadas por Adelfina. A Ofelia le llamó particularmente la atención el aplomo y seguridad con los que se dirigió el reportero al público. "Que señor tan interesante y seguro de sí mismo. Pensándolo bien, creo que lo he visto antes, quizás era cercano a mi patrona. Algo me dice que debo ir a saludarlo, no dudo que sea muy respetuoso". Se dijo a sí misma, y fue bajo la lluvia a conocerlo.

5

✡ ☾

Almacenes La Higuerilla

Esta es la fachada posterior de los Almacenes La Higuerilla, ubicados en la calle López Cotilla, número 57. Se decía pertenecer a don Hegberto de Higueros, comerciante de telas casado con doña Etelvina Erebiria, diecinueve años menor que él y con quien tuvo gran prole. Se mencionan diecisiete hijos que vivieron y tres que fallecieron muy pequeños o al nacer. De ahí el nombre del almacén y de la familia: La Higuerilla.

La elegante casa en realidad perteneció antes a un discreto matrimonio inmigrante judío-musulmán. La pareja falleció joven, heredando el inmueble a su única hija, de nombre Irene, quien a su vez la rentó por tiempo indefinido al Sr. Higueros dada la amistad con su esposa, casi de la misma edad que ella.

De Irene no se supo nada más que se fue a vivir a Iztatán a los pocos días de arreglar todos los trámites de su herencia y jamás volvió a la ciudad. Algunos rumoran que partió con las mismas ropas que le regalaron al cumplir dieciocho años: un chal morado, botas negras y sabe qué más, para no entrar en detalles. Total, la leyenda de la casa va más o menos así:

En aquellos entonces, el festejo de las posadas en la vecindad se iniciaba, como es costumbre, el 16 de diciembre, pero la ingesta alcohólica se prolongaba en un selecto grupo de teporochos y tequileros hasta más allá del día de La Candelaria. No era de sorprenderse que al pasear los dipsómanos a deshoras y en la penumbra se les figurara escuchar voces de niños y ver sus sombras corriendo, pero lo que más les asombraba era el golpeteo fuerte que venía de las ventanas, mismo que sucedía cuando ellos se recargaban por andar hasta las manitas.

Al pasar los años, permeó como la humedad la sospecha de que los tres niños fallecidos de don Hegberto paseaban y jugaban en la mencionada finca, incluso que desesperados golpeaban las ventanas por querer salir a jugar a la calle.

Avanzó como el viento el rumor hasta la junta de cabildo y llegó convertido a formal queja, a la que el simpático múnicipe de aquel entonces, Lic. don Ricardo Esparzeta y de la Garzeta, dio singular y fuerte carpetazo, pero, claro, con una amable sonrisa, diciendo:

—Esto es cosa del barrio, que ahí mero se arreglen, solo manden policías pa que no aiga argüende.

No terminaba de caer el sol cuando la muchedumbre del barrio tocó con fuerza las cuatro ventanas de la fachada posterior del almacén de don Hegberto. A gritos le reclamaban que las almas de sus hijos penaban en encierro:

—¡Ábreles una puerta!

—¡Déjalos salir a jugar!

—¡No los tengas prisioneros!

Pasados ni quince minutos o dos cervezas se prendió la luz de la ventana izquierda de la planta alta y por el balconcito salió don Hegberto con su cara, corbata y camisa desconcertadas. Lo acompañaba, pegado a su espalda, doña Etelvina. Pidió calma a la gente moviendo sus manos y dijo:

—No pensé que se tomaran tan en serio los rumores. Más de alguna vez me han dicho cosas que dizque han visto, y aquí mi Etelvina y yo más de una vez nos hemos echado a reír. Díganme qué quieren que haga.

La muchedumbre respondió casi al unísono:

—¡Ábreles una puerta, déjalos salir a jugar!

Don Hegberto respondió:

—¿Y dónde quieren que abra la puerta?

—¡Abajo de la ventana de tu recámara, de ahí vienen los ruidos!

—No se diga más, mañana traigo a los albañiles. Ya váyanse a descansar.

Y es por eso que se ve la puerta muy hecha a fuerzas y sin la bella simetría de la armónica fachada.

6

❧

Tres cobijas

Querido Querencio:

Ya hubiera llenado un libro
de tantos piensos de como te quiero.
Me trais volando
de un ala.
Cómo se me van las horas tejiendo sin darme cuenta
de tanto que te pienso y te sueño.

Deveras, Querencio, ya van tres cobijas grandes que termino tejiendo sin darme cuenta, nomás pensando en ti...

Dirígeme la palabra tantito siquiera,
mírame, voltéame a ver
y regálame tu sonrisa para volar de nuevo.

Cómo me haces falta.
Cuánto te quiero.
Y tú todavía no sabes nada.

Ata

7

🐸

Atalancia ve a Querencio

Posí, ahí estaba Luisito con su flor escondida listo para ver la ocasión de dármela, pero yo quiero que comprendas que el que me gusta eres tú, que te pones derecho de pie como hombre y no este mamarracho adinerado y modoso al que no sé ni cómo decirle de otra manera que ya deje de enfadarme.

Me dio mucha vergüenza que vieras esta escena, la verdad yo salí porque los perritos no paraban de ladrar y me distraían de mi tejido. Dije: "Bueno, pos qué pasa afuera". Y que abro la puerta y válgame…: era el fulano ese… Cómo me hubiera gustado que fueras tú, tan de pocas palabras y tan trabajador, tan de poca sonrisa, pero cuando sonríes a mí se me ilumina la vida entera.

No sabes cuánto te quiero y te admiro, Querencio.

No sabes cuánta pena me da que me hayas visto abriéndole la puerta a ese fulano que no vale un quinto.

Ojalá vengas un día y te animes a tocar a mi puerta,

sin flores,

nomás con tu voz

y con tu sonrisa.

8

🪰 ✧ 🪰

Espiridión González Correlino

Bernardo Valente fue a darles de comer a sus vacas, como siempre, sin saber si andaba crudo o borracho aún. Ya le habían dicho que moviera sus vacas de la margen del río, porque ensuciaban el agua y la dejaban apestosa. Ya que se les bajara el alimento y la ansiedad del hambre, las arrearía a un corral prestado, más arriba. Fue a eso de las seis de la mañana cuando vio algo raro moverse abajo de una de las vacas. Apenas pardeaba la mañana. Miró de ladito discretamente y era un chiquillo pequeñito, de unos seis o siete años, muy flaco y harapiento. Para no asustarlo, Berna se hizo el despistado y despacio se dio media vuelta dándole la espalda al niño, quien traía la cara y el pecho embarrados de leche.

♫ *Totó e Alfredo - Versión 2, Ennio Morricone*

—Mijo —dijo Berna con voz suave—, no te asutes. ¿Qui andas haciendo ahi?

El niño le contestó:

—Ahi dispense señor si son sus vacas. Esta leche está retebuena.

—Vente p'cá mijo, no te vayan a pisar las vacas sin querer. Orita yo te convido un jarro de leche, ¿quieres? —Dijo Berna con la voz más paternal que tenía

—Yepa, yepa —le respondió el flacucho niño.

Espiridión González Correlino ya tenía once años, aunque se veía más chico por desnutrido; era el séptimo hijo ya huérfano de una familia que se había perdido por completo en la Revolución. Nacido en San Jacinto, las últimas palabras de sus padres fueron. "¡Córrele de aquí, mijo, córrele", y solito atravesó la sierra alta a pie, comiendo tunas y ahuatándose las manos, por lo que se desesperaba. Otras veces se zampaba nopales crudos, que le caían muy mal. Rejuntaba cualquier cosa que le resultara útil. Era muy rápido y una vez atrapó una liebre que se quería comer pero la liebre lo mordió bien fuerte y se le escapó. Encontró cuevillas y socavones donde protegerse de los coyotes por la noche. Sus huaraches se le rompieron muchas veces y los traía todos mal remendados. Sus pantalones se le terminaron de romper y encontró otros tirados que le quedaban enormes; los recortó azotándolos entre dos piedras como pudo y se los amarró con pedacera de mecates. Su cabello estaba largo y como estropajo, sucio, hecho bolas. Pobre chiquillo, era una costra de mugre, apestoso y muy sucio.

Un día en las faldas de la sierra, le pasó por enfrente un enorme gigante que casi lo pisa y le gritó:

—¡Yepa, yepa!, ¿quihubo?, ¿quihubo, grandulón? —La cabeza del gigante se encontraba a unos cincuenta metros de altura, pero alcanzó a escuchar a Espiridión. Volteó hacia abajo a verlo y lo saludó:

—¿Quihubo, chaparrito? —con una voz muy profunda. Después Espiridión vio al gigante alejarse y sentarse en los valles llenos de niebla.

Ya terminando de bajar la sierra, encontró la vía del tren y pensó que si la seguía llegaría a algún lugar, con gente que le podría ayudar. Fue así como dio él solito hasta Iztatán, al corral de vacas de Bernardo, en una hazaña de travesía que ni a caballo se animaría alguien a hacerla.

—Toma, mijo, bébete toda la leche que quieras, aunque te dé cursera —le dijo Bernardo.

—Yepa, gracias, señor.

Y se bebió el jarro en tragos tan grandes mientras se le estilaba la leche por ambos lados.

—Mijo, ¿por qué andas tan apestoso? —preguntó Berna.

—¿Usté cree, don? Nomás poquito, jejeje.

—En la casa te puede dar de desayunar mi señora, se llama Virginia y le vas a caer muy bien. Luego si tú quieres te puedes bañar.

—Ta güeno, yepa.

—Amos, pues, nomás ayúdame y rapidito terminamos de darle de comer a las vacas.

—Ta güeno. ¡Yepa, yepa!

Alimentaron a los animales y se fueron a pie, tranquilos; estuvieron en silencio unos minutos y luego Berna le preguntó:

—¿Y cómo te llamas?

—Me llamo Espiridión, señor, Espiridión González Correlino, pa servili.

—Yo me llamo Bernardo, si quieres dime "Berna".

—Yepa, don Berna, je, je.

—Ja, ja, ja. ¿Y por qué dices "yepa"?

—¿Yepa, yepa? ¡Sepa! Ja, ja, ja, creo que así decían mis hermanos mayores y se me pegó, ja, ja, ja.

"Qué chiquillo tan simpático", pensaba Berna. Y así se fueron caminando y bromeando y preguntándose cosas, conociéndose y haciéndose amigos. Espiridión le contó a Berna acerca del gigante, quien, incrédulo, solo pelaba los ojos asombrado y asentía con la cabeza.

Llegando a casa, Berna le dijo al chiquillo:

—Ira, Espiridión, aquí pérate tantito, mientras juega con los perros para que te conozcan; deja voy por mi mujer para que nos haga de desayunar.

Berna se fue a hablar con Virginia.

—Virginia, traje un niño. Me lo encontré muy sucio en el corral tomando leche de una vaca.

—¡Cómo! ¡A verlo!

Y salieron a ver al niño.

—Mujer, no le digas nada ni lo regañes, nomás dale de desayunar y luego vemos qué hacemos. Se llama Espiridión.

Virginia recibió al niño con cariño desbordante y le dio de desayunar unos huevos revueltos con pan. El simpático chiquillo no paraba de decir "¡Yepa, yepa, huevos con pan!", y Virginia y Berna se reían.

Cuando el chiquillo terminó de desayunar, o más bien de atragantarse, Virginia le dijo:

—Mijo, ¿te caliento agua para que te bañes?

—Ta güeno, a bañarse. ¡Yepa! —Y en lo que calentaban el agua y el niño se bañaba, Berna se fue a la casa hogar para hablar con la Superiora, quien lo atendió pronto y le dio ropa chiquita para Espiridión.

—Horita que se bañe se lo traigo —le dijo Berna a la Superiora.

Mientras tanto, el chiquillo se quitaba su ropita rota, sucia y apestosa, y Virginia lo miraba con una gran compasión: pobre niño, tan flaco y frágil, se le contaban las costillas, era un hueso.

Justo salió de un intenso baño a secarse cuando Berna llegó con su ropita. Cuando se la puso expresó:

—Yepa, yepa ¡Qué rica y suavecita! —Y en lo que Virginia y Berna se preparaban para salir a dejarlo, el niño se quedó bien dormido en un sillón, acurrucado. Ambos lo taparon con una cobija y esperaron hasta que despertó.

A Berna y Virginia, que habían perdido un hijo, les pesó tener que acompañar al gracioso, orejudo, moreno y cabezón chiquillo a la casa hogar. Lo presentaron con la amable hermana Superiora y se tomaron todo el tiempo en explicarle que ahí tendría comida más rica, una cama muy suavecita, dulces, amigos y todo tipo de cuidados. También le prometieron visitarlo. El niño dijo:

—Don Berna, tengo mucha suerte de que seas mi amigo. —Berna le dio unas palmaditas. Virginia no se aguantó, lo abrazó y se le salieron unas lagrimitas. Sí, era dura ella, pero también sentimental.

Al día siguiente las hermanas llevaron al nuevo niño a checar con el doctor Sabier y, al entrar la consulta, Espiridión casi se topa de frente con otro niño que venía saliendo distraído. Los chicos intercambiaron pocas palabras y rieron amigablemente.

La noticia de la llegada de un nuevo niño al orfelinato no tardó en llegar a la embajadora, quien muy conmovida pronto fue a conocer al recién llegado. Jugaron como niños y ella no paraba de reír con las puntadas de "Yepa, yepa" del chiquillo que también le gritaba:

—¡Ándale, ándale! ¡Pásame la pelota! —La embajadora reía y reía—. ¡Ira, Adelfincia, suenas como pajaritos cuando te ríes! —le decía el niño y tambíen se reía.

Pronto se dieron cuenta de que, aunque el morenito estaba bien flaco, podía correr rapidísimo, así que unos meses después, ya un poco más repuesto, lo inscribieron a las mini olimpiadas de Iztatán. Al evento fueron invitados, entre otras amistades de los embajadores, los hermanos Guarner, quienes preguntaron varias veces al no entender el nombre del rápido campeoncito de carreras.

—Ser muy simpáticou el Espiri Gounzáleiz.

Y aunque tú no lo creas, esa es toda la verdad del origen del ratoncito animado que tal vez recordarás.

Adelfina y la Superiora no tardaron en darse cuenta que al Espiri se le daban fácil los ritmos y la música. Berna, desde el principio, lo había notado y todos juntos lo convencieron y lo metieron a clase de piano y canto en Guadalajara, y, cuando fue mayor, compuso el himno de Iztatán, una bella melodía y letra que fue interpretada por distinguidas orquestas y cantantes en el Degollado, Bellas Artes y otros grandes teatros del extranjero; todo ello, valiéndole importantes reconocimientos internacionales.

Espiri nunca dejó de visitar a su gran amigo y salvador, Berna; incluso llegó a ser como hermano del hijo de Berna, sí, ese hijo, el que se le había perdido.

♫ *You've Got a Friend in Me (Gipsy Kings, Nicolás Reyes, Tonino Baliardo)*

9

♦ 🐸

Ya aviéntate

Querencio:

Ya me queda claro que no me quieres.

Cada año más o menos me das unos besos arrebatados llenos de todo lo que uno desea, de calor, de vida, de ganas..., y luego te me vas, me dices que no es correcto y te desapareces sabiendo lo mucho que yo te gusto, que yo te encanto, que yo te fascino.

Me dejas tirada a medio patio como paleta chupeteada...

A estas alturas, tú también sabes que la vida es un suspiro y que quizás mañana mismo hayamos perdido para siempre toda oportunidad...

Yo no te pido nada, ni te ando rogando ni armando argüendes, pero sí te digo una cosa: la vida se va y cuando menos pienses seremos viejos y hora sí que ¡ya pa qué! O pior aún: uno de los dos o ambos habremos colgado los huaraches.

Hoy es el momento y sabes a qué me refiero. Ya aviéntate. ¿¡Qué'speras!?

Te quiero bien y quiero que todo en nuestras vidas esté bien y también quiero que cumplamos todos todos los sueños.

Sé que sueñas conmigo dormido y despierto, y, claro, yo contigo también. Llevamos muchos años en este vaivén inconsecuente y que solo nos rellena y vuelve a vaciar el jarrito de las ilusiones, esas ilusiones que forman la vida y le dan sentido y que cuando se disuelven se llevan todo consigo, como en un remolino desvanecido del río Lerma.

Porque mira, también a veces me harto y te quiero olvidar, nunca verte más, quemar los huaraches que me regalaste y todo lo que tengo de ti en una hoguera y seguir con mi vida tranquila y sin ningún sentimiento hacia ti..., pero no puedo... Sé de sobra que entre tú y yo hay una llama incomparable, tanto así que es extraño el día que no piense en ti.

No sé cómo más decirte que me haces falta, como un buen pedazo de mis tripas o una pierna entera, la derecha o, peor aún, mi corazón.

Ojalá que te decidas pronto, que la vida se nos va.

En Iztapán, Jalisco, a 12 de enero.

Ata

10

✦

Atalancia y Yolanda

Pensaba Atalancia:

Hasta los huaraches traigo hartos de caminar... Ya llevamos tres ranchos y dos pueblos, y puro secreto, no dicen p'onde vamos. Todo sea por llevarle sus frijoles y nopales al Querencio. Mis chiquillos, los de mi hermana y de mis primas, se quedaron con la Chole en Iztapán... No crean, traigo pendiente... De seguro que nos va a agarrar la noche y no sé ni qué les van a dar...

Al mediodía se me tronó el huarache, le dije al Querencio:

—Ira, ahí me voy a sentar en el mezquite para arreglármelo.

Pero… Uuuu… No… Nomás voltió como no queriendo y se siguió de frente en la yegua...

Ingrato, a veces cómo te desprecio...

Parece que ya vamos llegando a Iztatán, a ver si ahí agarramos tren con la bola y nos vamos a comer y a bañarnos en el río Lerma, porque de seguro la comida de la que traemos ya no va a haber.

Por un lado de la máquina 57 dio las órdenes un sargento que gritó:

—¡Regimientoooooo cincuenta y sieteeeeee!, por orden del coronel Sanderooooos, las mujeres que quieran acompañar súbansen a los vagones y enciérrensen bien!

¡Los soldados se me cuelgan por fuera y me van preparando sus armas listos pa disparar!

¡Arrancando el tren se espera enfrentamiento antes de Iztatán! ¡Agárrensen bien y dispárenlen con tino porque le vamos dar bien recio pa que no se atore!

—Ata —me dijo mi hermana—, ira, agarra a esa niña y jálatela p'cá.

—Vente, mija, ¿on tan tus papás? —le dijo Atalancia a la niña.

—Ya no tengo.

—¿Cómo te llamas?

—Yolanda, Yolanda Zamora.

—Tas muy chiquita, aquí te vamos a cuidar, tú súbete ya.

—Pos ya arrancó el tren y ya vienen los balazos, hay que agacharnos todas y encomendarnos que todo salga bien. ¡Agáchensen ya! —gritó una mujer en el vagón.

Al pronto le dieron bien recio al tren y empezó la balacera. Por las rendijas se miraba que caían cuerpos por los dos lados. Las balas nos pasaban por encima rompiendo las tablas del vagón.

¡Querencio, dónde estás, cuídateme!

¡Dios, déjame regresar con mis hijos!

Todas las viejas gritaban y olía mucho a orines y cosas peores.

Unos disparos dieron en alguna pierna de las mujeres del vagón; otros, en un brazo, y gritaban de dolor y terror mientras se seguían escuchando y recibiendo duro los balazos.

—¡Que ya termine! —gritaban y gritaban llorando.

Más balas entraban y algunas pasaban muy bajas llevándose las almas de las mujeres y jovencitas que aquí venían.

Íbamos muy rápido, pero todo parecía eterno, de repente se cimbró retefuerte el tren y salimos volando entre los disparos.

Pensé: ¡Mis hijos, mis hermanas, Querencio!

Vi unos pies y unos cuerpos retorcidos que volaban. Vi unas cabezas desprendidas con la boca abierta aventando chorros de sangre. Todo salía por los aires, hasta la carta que me diste un día y que siempre traigo conmigo, vi cómo salía volando y ya no la pude agarrar. No sabía dónde estaba yo ni nadie y muy pronto todo se hizo oscuro y silencio…

Y ya no hubo balazos… Y pensé en ti, Querencio…, que vendrías a buscarme…, que me llevarías con mis hijos…, que me arreglarías mi huarache… y que todo estaría bien.

Todo era silencio, oscuridad y paz. Después estaba yo sola y volé sobre el río Lerma, donde siempre quise que me llevaras. Era verde, hermoso y tranquilo, y luego ahí estabas tú. Gracias por buscarme.

Querencio, cómo te amo.

11

✦ ☾ ☙

Hoy me di cuenta

♫ *Your Song, Jordie West*

Al cumplir los dieciocho, Yolanda convidó a Exiquio a un día de campo junto al río:

—No quiero que me regales nada Quico, nomás que me acompañes, eso será mi mejor regalo —le dijo ella. Comieron unas ricas tortas de jamón con chipotle de la Abarrotefe, pan de elote y agua de limón a la sombra de un viejo sauce y luego en la calma, después de comer, Yolanda agregó—: Pos mira, Quico, nunca te había dicho, pero te quería platicar. El día del trenezazo vi que a la señora Atalancia se le escapaba de las manos un papel cuando nuestro vagón se estaba volteando, la vi cómo pelaba los ojos y pensé que seguro era un documento importante y ya que pasó todo el desastre me encontré el papelito y esto es lo que dice, mira:

Ata:

Hoy me di cuenta de que sí soy importante para ti y lo he sido por mucho tiempo.

Siento un gran alivio porque, la verdad, a veces sentía que solo eran arrebatos de oportunidad.

Después de tanto vaivén y esos besos que te llevan de ida y regreso a lo más recóndito del universo... para quedarnos idos por días, semanas y meses flotando en un viaje de añoranza, hasta hoy comprendo que a nadie se los has dado así de bien, así de totales y así de infinitamente entregada como una ola que cae rendida mojando la arena.

Hasta hoy me doy cuenta de una conexión real y profunda, arraigada, más bien enraizada en el corazón, los pensamientos y el alma.

Tal vez un día estaremos juntos, aunque de alguna manera ya estamos amarrados para siempre, así como los nudos de las cobijas que andas tejiendo y las correas de los huaraches que te regalé, así como el agua que pasa entre los lirios del río Lerma sin pedirse nada a cambio y dándose todo al encontrarse.

Hasta hoy me doy cuenta de que nos tenemos y me siento en compañía contigo, aunque no siempre estés aquí y no sepa a dónde has ido ni tampoco si es que volverás.

Querencio

Terminando la lectura, Yolanda y Exiquio se miraron a los ojos fíjamente con dulzura y se dieron cuenta. Se besaron por primera vez y sucedió lo que ambos querían bajo la sombra del sauce y el vaivén de sus hojas en la suave brisa. La carta voló en el viento y cayó al río, donde por fin debería estar, lentamente se mojó y se hundió mientras el agua se la llevaba.

12

☾ 🐸 ✡ ☦

La Capilla de Nta. Sra. del Río
y de los Ángeles Espantados

El párroco de Iztatán, del que nunca me acuerdo cómo se llamaba, tuvo la idea de que se hiciera un peregrinaje desde el pueblo y por todo el camino hasta arriba de la lomita, tierra que se bendeciría para construir la Capilla de Nta. Sra. del Río. Los planes se llevaron a cabo rápidamente con el apoyo de los donativos del pueblo, algo del ahorro de la parroquia, materiales donados por el ayuntamiento y, desde luego, una aportación muy especial de la embajada, que no podía faltar: un precioso retablo de madera forrado con oro de hoja, tenía guirnaldas finamente elaboradas, nichos para vírgenes y santos, y unos bellos insertos de flores.

Adelfina fue a ver cómo estaba quedando, y no le gustó mucho, decía que los santos se verían como dentro de un jardín, no en el cielo, de manera que mandó hacer a Puebla dieciséis cabecitas de angelitos querubines para poner encima de los remates florales. "Seguramente el retablo se verá muy celestial", pensó ella.

Al mediodía de un miércoles, la mitad de los guardias en la embajada estaban echando suertes en la entrada para ver quién abriría el juego de baraja acostumbrado para esa noche libre de la semana, cuando en eso, una viejecita fachosa de chal morado tocó la campana y les dijo:

—Iren, ahi les dejaron esas cajas desde hace rato y se están asoliando, ¿no las quieren meter? —Eran los querubines que por fin llegaron en dos cajas, una roja y una verde. La verde decía "CUIDADO FRÁGIL" y la roja, "MUY SENSIBLE", ambas estaban empolvadas con algo raro de colores y un bonito y fino rótulo: "La Talla Mágica. Tallas finas en maderas finas que sorprenden". Adelfina mandó al Campa y a Diego a que las abrieran. Con cuidado quitaron las tapas y el aserrín, y retiraron el papel periódico de algunas de las lindas cabecitas de ambas cajas. Eran muy redondas y chapeteadas, con expresiones dulces y muy discretamente sonrientes, verdaderamente angelicales. Todos estaban sorprendidos con tan finas obras de arte. Con mucho cuidado volvieron a dejar todo bien cerrado y empacado. Luego les pusieron un sello de la embajada como garantía y Adelfina le encargó personalmente a Diego que fuera al día siguiente a llevar ambas cajas a Iztatán.

Diego era un guardia fuerte y chaparrito muy confiable, muy leal, de manera que le costaba trabajo decir que no a la jugada de baraja que tenía comprometida con los guardias en su miércoles de noche libre.

Al chaparrito le tocaron malas las cinco primeras manos, se estaba aburriendo y se quería despedir cuando de pronto ganó y volvió a ganar y ganar hasta que a todos los despelucó. Estaba muy emocionado. Nunca le había ido tan bien, seguro los angelitos le dieron suerte, pero ni tanta, porque habían dado más de las seis de la mañana del jueves y ya estaba saliendo el sol y le tocaría ir bien desvelado a dejar el encargo hasta Iztatán.

Se tomó unos jarros de café, les hizo unos amarradijos de mecate a las cajas y se fue a la estación a emprender el viaje en tren. Con el suave vaivén y el repetido sonido de las llantas, el chaparrito quedó bien dormido y se despertó cuando escuchó el grito del maquinista:

—¡Ya salimos para Iztapán! —Que en otras palabras quería decir que estaban saliendo de la estación de Iztatán. Pobre, se despertó todo atarantado y corriendo y tropezando se fue atravesando los vagones en movimiento hasta que llegó con el maquinista a explicarle lo importante de su misión. El maquinista muy comprensivo y dijo:

—Mire, nos podemos parar aquí, en este momento meto freno, pero ya no nos podemos regresar hasta mañana que completemos la ruta de hoy. ¿Le parece bien bajarse ya?

—Sí, hágame favor de detener el tren —le dijo Diego.

Bueno, pues como traían muchos vagones, tardaron en ir reduciendo la velocidad hasta que por fin quedaron a un lado del río, donde al frente quedaba el barranquito. El chaparro se bajó del tren con sus dos cajas a cuestas, vio a unos pescadores en su panga y pensó: "Traigo lana, si les pago por cruzarme el río ya nomás subo el barranquito y así la iglesia de la lomita me queda cerca y ya no tengo que rodear como diez kilómetros cargando las cajas". Así de resuelto, el chaparrito les gritó a los pescadores:

—¡Épale! ¡¿Cuánto por la cruzada?!

Los pescadores se dieron la vuelta para subirlo diciendo:

—Súbase, don, ahi con lo que sea su voluntá.

Cruzaron el río, les dio un billete de dos jaliscos, quedaron muy contentos y le dijeron:

—Uy, es mucho, gracias, don, tenga cuidado al subir el barranquito, es famoso por engañoso.

El chaparro, hombre decidido y de acción, empezó a subir sin pensarlo. Se resbaló una vez y casi se le cae la caja roja, apenas la agarró del mecate con dos dedos. Qué curioso, juró escuchar como sofocados gritos de niños. Ya iba más o menos a medias de la subida, sudaba y estaba muy agitado, cuando le llegó a la mente: "La verdad, este barranquito no se veía tan complicado", y… ¡zas!, ¡por distraído que la caja roja se le vuelve a soltar! ¡Zum! Rápidamente aventó el manotazo con la izquierda y la alcanzó a agarrar por el mecate.

"¡Ahora sí se escuchó pero clarito el grito de los niños! —pensó—. Pos, ¿on tan esos chiquillos? Qué más da, ámonos p'arriba recio que se hace tarde". Y así, con esa resolución, terminó de subir el barranquito para llegar puntual a la capilla donde lo recibió el párroco asombrado.

—Diego, no lo vi bajar del tren, lo estábamos esperando. ¿Cómo le hizo para llegar puntual? Lo veo medio enterregado, ¿algún accidente?

—No pasó nada, señor cura, ya llegamos que es lo importante.

Entregó las cajas señalándole los sellos intactos al cura y nunca volvió a escuchar a esos niños y tampoco les dio la menor importancia.

El párroco ordenó colocar los angelitos en su lugar:

—Miren, para tener cuidado, háganme el favor de abrir primero la caja verde y pongan los querubines del lado izquierdo del altar. Ya que terminen, abran la caja roja y los colocan del lado derecho.

Los ebanistas hicieron su trabajo muy bien y sin preguntas, y luego cubrieron todo el retablo con un velo para que no se empolvara y pudiera relucir al máximo el día de la inauguración y bendición.

—Ya quedó todo listo como usted nos indicó —le dijeron al cura.

Unos días antes de terminar al detalle la capilla, mandaron avisar a la embajadora y se corrió la voz por el pueblo invitando a todos al festejo de inauguración.

Todo un discurso y muchas gracias dio el señor cura afuera en el atrio del templito nuevo frente a la muchedumbre que estaba ávida bajo el sol esperando por ver el famoso y delicado retablo. Se aventó agua bendita por todos lados, se cortó el listón y ya dentro de la capilla los que alcanzaron agarraron asiento, y los que no, se quedaron de pie. A lleno total el cura pidió a todos la cuenta de tres para jalar el velo que cubría el retablo y así contaron todos por parejo

—¡A la una! ¡A las dos! Y a las… ¡tres!

Empezaron todos a aplaudir muy felices y apantallados por el brillo de oro, pero pronto bajó el aplauso y comenzó el murmullo.

Vaya sorpresa que todos se llevaron. Los querubines de la izquierda estaban hermosos sonriendo tal como Adelfina los recordaba, perfectos. "¿Y los de la derecha? ¿Qué están haciendo? —empezó a fijarse toda la gente en la capilla rumorando—: ¿Estarán cantando? ¿Llorando? ¿Qué les pasaría?".

En eso el Espiri, chiquillo inquieto y flaco, corrió rápido por el centro del pasillo hasta el altar y los señaló gritando:

—¡LOS ANDABAN ESPANTANTANDO, YEEEPA YEPA!

Todo el mundo en la capilla echó a reír a carcajadas porque, de verdad, los querubines tenían cara de espantados.

Con esa puntada del chiquillo y las carcajadas se dio por terminado el asunto.

Calmadas las risas, el padre agradeció el buen humor, dio misa y bendijo a todos. Uno que otro aún se reía.

Al pasar poco tiempo, no podía faltar, la gente del pueblo rebautizó la capilla como la de "Nta. Sra. del Río de los Ángeles Espantados", por lo que se hizo muy famosa en la región y siempre recibió más visitas de lo esperado. El cura estaba feliz y Adelfina, muy confundida.

13

✦ ☾

Congelada en Batopilas
(en 13 párrafos)

♪ *Winter Piano, Koo Hye Sun*

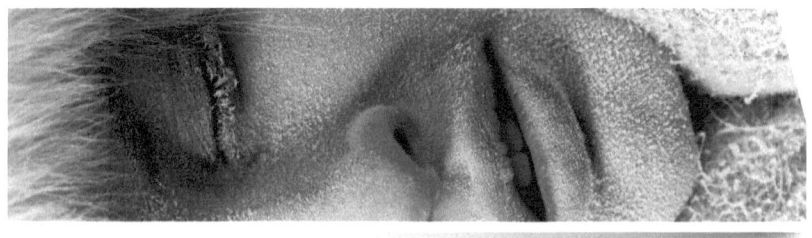

Morí congelada por no hacer caso.

Sin decirle a nadie y teniendo dieciocho años cumplidos salí a pie de Batopilas un viernes 13 de enero a eso de la una de la tarde, esperando que mejorara la temperatura, pero no dejó de nevar y el cielo siguió cerrado como mi cabeza dura. Ah, pero la jovencita necia e impetuosa quería quedar bien y tenía por fuerza que entregarle un recado secreto del párroco de Batopilas al diácono de la misión del Ángel Custodio, río abajo. El presbítero me había dicho esa mañana que llevara la carta en una chancita, "Hasta que hubiera mejor clima", pero todo tenía que ser a mi manera y mi modo de hacer las cosas. Yo ya había conseguido muy buenos padrinos para mi boda y solo quería asegurarme de quedar muy bien con el párroco para que nos apartaran lugar y nos cobraran lo menos posible por la boda que Dios mediante sería el 21 de abril. Así que ¿quién si no yo podría llevar el recado misterioso con ese clima?, pos nomás la burra de mí, que quedé hecha un témpano en el intento.

Para empezar, el camino ni se veía, estaba todo cubierto de nieve y me orientaba por reconocer los pinos y cómo se miraban las montañas y el desfiladero de la barranca. El silencio era total, ni los copos de nieve hacían ruido y tampoco había ni el menor viento que soplara entre las ramas. Mal salí de mi pueblo y todo el camino eran brumas que iban y venían interrumpiendo la vista. Solo se oían mis pasos y mi respiración y mis pensamientos necios y mi soledad.

Seguía nevando ligero y todo iba bien, pasé las rancherías de La Noria y El Rastro. Ni quién se mirara por sus callejones. Sentí que unos diez o veinte minutos después fue cuando empecé a entumirme, por ahí por donde el río da vuelta a la izquierda y se mira una islita adentro. Qué bellos paisajes y qué cansancio sentía tanteando que apenas iba a llegar a la mitad. Entonces cambiaron mis prioridades y ahora mi objetivo era llegar a la misión Satevo a calentar el cuerpo y reconsiderar las cosas. Aunque según yo quedaba más cerquitas regresar al rastro, la necia dijo: "No, no te regreses, mejor sigue avanzando", y al poquito tiempo de andar, la nieve se empezó a hacer más profunda y muy difícil de caminar para este cuerpo menudo y débil, cuando de pura suerte encontré una pequeña enramada medio caída en donde me metí para sacudirme la nieve, descansar un poco y calentarme, pero no había nada con qué hacer fuego y, claro, la terca no pensó necesitarlo porque todo siempre le salía bien.

Me senté, respiré profundo hasta bostezar y antes de darme cuenta me dormí temblando de frío sobre la nieve y hasta ahí llegué. Ahí terminaron las necedades de esta terca novia enamorada, en plena sierra, junto a un desfiladero de hermoso paisaje y paz, rodeada de árboles, silencio y soledad.

Trece días después me encontraron a solo trece pasos pasos de la misión Satevo, aunque yo había sentido que me faltaba mucho.

Tenía mi carita azul de congelada bajo la enramada nevada y tal vez estaba más bonita que nunca.

Me dio gusto que al menos así me viera mi enamorado y que ese fuera el último recuerdo de su novia linda y cabeza de roca. Mi amado notó que yo llevaba en mis manos apretadas el sobrecito secreto y con mucho amor me las descongeló, con mucha paciencia, besos, lágrimas y cariño para poder ver el contenido. Por fin, cuando pudo delicadamente deslizar el sobre mojado de mis manos tiesas, lo abrió y leyó el recado que iba adentro, que decía:

Díganle a la portadora de la presente que sí se va a poder celebrar su misa de boda en el templo para el 21 de abril a las doce del mediodía, como ella quiere.

Díganle también que con mucho gusto se lo adornaremos con todas las flores que quiere y que irá el coro de la misión para cantarles.

Y, muy importante, díganle que no les cobraremos nada de nada.

Y esa es la leyenda de por qué el templo de Batopilas permanece cerrado los días 21 de abril.

Dicen que nadie quiere ir porque ese era el día de mi boda, pero yo prefiero pensar que nos lo apartaron y para siempre.

14

Sergio Martín de la Cruz Galindo

Sergio Martín de la Cruz Galindo era un chiquillo huérfano que vendía picones entre el puente y las vías de Poncitlán. A diario se le acababa todo muy temprano porque llevaba pocos panes y la gente lo ayudaba comprándole todo. Vivía en la casa hogar de la embajadora de ese mismo pueblo. Se lo habían encontrado recién nacido y bien arropado afuera de una piconería.

La policía preguntó por todos lados, pero nunca encontraron a sus padres; sin embargo, el chiquillo creció bien, algo inquieto y ocurrente, porque ninguno otro chiquillo trabajaba desde tan pequeño. Pero creció bien.

Le pusieron "Sergio" porque así traía bordada una pulserita con su nombre cuando se lo encontraron; "Martín", por el santo de ese día y "de la Cruz Galindo", porque así les gustó.

La casa hogar cerca de la estación del tren contaba con una abarrotera y servicio de planchaduría para la gente que aparentaba ser medio catrina. Ambos, buenos negocios para la subsistencia del hogar además de las generosas donaciones de la Embajada de Navarra, que con dedicación recolectaba Adelfina entre sus distinguidas conocencias.

Sergio aprendió a hacer la masa y hornear picones desde bien chiquillo. Se tardaba más de lo normal, pero en la panificadora lo dejaban entrar a veces para que practicara. Lo trepaban a un banquito y ahí echando a perder se fue enseñando rápido. Pronto le pusieron una mesita chaparrita nomás para él, para que ya no estuviera estorbando. Preparaba su charolita con bolitas de su masa y sabe cómo le ponía el azuquitar con esas manitas. Unos picones parecían el mapa de Zacatecas, otros un perrito o un delfín con una pata, pero poco a poco le fueron saliendo más redonditos y bien hechecitos. La poquita masa que usaba y el azúcar se los regalaban en la piconería. A veces de la abarrotera se traía nueces para rellenar, porque ni nueces ni pasas ni chispas de chocolate le regalaban.

Un día el chiquillo inquieto jugaba a las escondidas en la casa hogar y se le ocurrió lo que bien sabía que estaba prohibido: meterse a la abarrotera para esconderse a hurtadillas en los gabinetes. Nadie lo vio. Se quedó quietecito y calladito, miró para abajo y vio un montoncito de pasas en el rincón, se guardó un puñito en la bolsa. Terminó el juego y nadie lo encontró, y nunca nadie supo de su escondite.

Al día siguiente tarde se le hacía al niño para irse a la piconería. Terminó sus quehaceres en la casa hogar y pidió permiso para salir. Como era de esperarse, cocinó su primer picón de pasas; se veía y olía muy bueno, pero no se lo comió.

—¡Sergio!, hora le pusites pasas, te va'quedar mejor —le dijo Remigio el panadero y el chiquillo sonrió sorprendido y con cara de menso y le hizo la seña de silencio diciendo—: Shshsh.

—Ta güeno, ta güeno, Sergio —dijo Remigio susurrando—. ¿Ois y qué trais diario colgado del cuello? ¿Que'sn?

—Ira, Remi, dice mi nombre, es la pulserita que me pusieron cuando nací, pero como ya no me queda pos le amarré un cordón.

—Aaah, ¿y pa qué la trais?, ¿por qué no la'lzas pa que no se te pierda?

—Por si un día me ven mis papás. —A Remigio se le hizo un nudo en la garganta.

—Aah…, pos ta güeno. Ira ahí te encargo voy rápido a San Pedro Itzicán a dejar estos otros panes y luego luego vuelvo, no dilato nada —dijo Remigio.

Sergio se entretuvo como siempre en hacer sus picones hasta que terminó de hornear su charolita. Luego se esperó a que se enfriara el pan y se lo llevó a su lugarcito acostumbrado entre las vías y el puente, donde después de un rato pasaron tres hermanas de la caridad, a las que él no conocía y les vendió su primer picón de pasas. En ese mismo momento Remigio saludó a Sergio, ya venía de regreso de San Pedro Itzicán con un señor extraño en la carreta.

Ah que Sergio, chiquillo tan noble... Se sentía mal porque imaginaba que se había robado el puñito de pasas y pensaba: "Pero si el dinero es para la casa hogar... Pero no sé..., no me hacen sentir bien las cosas a escondidas... No sé por qué me siento tan mal cuando hago las cosas así...".

Al pasar el tiempo su charola era cada vez más grande y sus picones ya eran de tamaño normal y muy bien hechos. Sergio era el piconero más joven que jamás hubo en Poncitlán.

—¡Sergio —le gritó una hermana de la caridad—, ira, ven, mijo! Ya no alcanzo a terminar de arreglar la chingada abarrotera con todo lo que acaba de llegar, no falta mucho pero yo me tengo qu'ir. Ahi como Dios te de'ntender acomodas todo lo que llegó, y que te quede bien, ¿eh? Al rato nos vemos.

Muy obediente el muchacho se puso a acomodar todo el tiradero, moviendo cosas de los estantes y abriendo las alacenas, cuando se sorprendió: "Ira nomás, montonzote de pasas…, y esas naiden se las comen ahí escondidas... ¿Por qué las dejarán ahí abajo en el piso, en la mera esquina oscura y tan arrumbadas? Me voy a llevar unos puños siquiera para hacer un picón pero de los grandes". El jovencito terminó de arreglar la abarrotera como pudo; no quedó maravillosa, pero quedó bien, más o menos bien, bueno, para el caso, estaba peor. Total, Sergio se llevó un puñote de pasas en la bolsa de su pantalón.

Ya se le hacía tarde para hornear por segunda vez en su vida un picón de pasas y pensó: "Pero ora sí me va a quedar más retebueno que nunca". Le sobraron pasas al hacer el picón grande y se acabalaron bien otros dos chicos.

En la piconería ya le daban su sueldo, que él pasaba íntegro a la casa hogar. También le permitían hornear un poco de productos por su cuenta para bien del orfanato. Eso lo seguía vendiendo como siempre, en su mesita entre las vías y el puente.

Apenas ponía la mesita cuando llegó un campesino a caballo, bueno, era yegua, porque tenía una letra P bien marcada en las ancas y en los fajos de cuero decía "Petunia" con unas letras grabadas bien bonitas.

El campesino y el jovencito hicieron trato rápido con los tres panes. Le dijo el campesino:

—Ira, nomás a eso vengo desde Iztatán, a los picones de pasas.

—Estos tan mejores, don, train re mucha pasa, yo mesmo los hice.

—A Diooo…, ¿tan jovencito?

—Sí, don, ire, tan recién hechecitos, va a ver que le van a gustar y si no pos yo mesmo me los como. —El campesino se rio y le compró los panes.

El jovencito piconero, al principio muy feliz, no tardó en quitar la mesa cuando la conciencia le gritó: "Ira nomás qué hice, otra vez robándome las pasas de la casa hogar… Me siento mucho más pior que antes… hora hasta siento que me duele el corazón… no lo volveré a hacer nunca, nunca más… Me voy'ir a confesar". Y siguió horneando picones toda su vida, pero con pasas robadas nunca más.

15

Exiquio Gómez y Peralvete

Como buen iztatense, la vida de Exiquio Gómez y Peralvete eran su milpa, su yegua Petunia y su vieja Yolanda Zamora, primero que nada. Qué suerte tuvo cuando se la encontró y la sacó para rescatarla de aquel tren descarrilado de la famosa batalla del coronel Sanderos.

Exiquio tenía veintiún años cuando escuchó los gritos de ayuda en el desolado, funesto y pestilente campo de batalla. Brincando entre los cuerpos de los muertos llegó hasta el vagón volteado. Se subió a una pared del tren descarrilado, apoyó su cuerpo y sus piernas con fuerza, y pudo abrir la puerta corrediza. Jaló a Yolanda, que estaba atrapada entre otros cuerpos. Pobre chiquilla, no tenía ni diecisiete años y había quedado sola en esa terrible escena.

—¿Quihubo?, ¿qué haces aquí, niña?

—Posn, me pegué en la cabeza y ya no supe.

—¿On ta tu familia?

—Ya no'stan, toy sola.

—Pos ya no estás sola, yo tengo un maizal, ¿me ayudas a cuidarlo?

—Ta güeno.

A lo lejos iban siete revolucionarios lastimados, alejándose del campo de batalla en dirección a la casa hogar. Después llegó más gente para acomodar el regadero de cuerpos y llevarlos a su debido entierro. Yolanda y Exiquio se fueron a vivir juntos, como hermanos, como amigos. Ella se metió a la escuela de la embajadora y un año después nació el amor, pero no tuvieron hijos. Yolanda le insistió siempre a Exiquio, aunque ya sabían que no podían y no pudieron.

Pasado el tiempo, Exiquio tuvo un poco más de tierras y se asentó en la comodidad y la rutina, y no avanzó más, así era feliz con su insistente Yolanda.

Yolanda terminó la secundaria y la recomendaron de la escuela para trabajar en la casa de los hacendados don Miguel Mirales y doña Ernesta, donde estuvo por el resto de la vida de ellos. Aprendió aún más cosas como cocinar, limpiar bien la casa y cómo cuidar a los chiqueados niños Efrén y Márgara. Esa fue su vida, casi toda su vida.

Recordaba Yolanda: "A Exiquio le gustaban mucho los picones de Poncitlán y a veces que andaba yo de humor lo acompañaba, porque siempre eran como tres horas todo el viaje y en las ancas de Petunia yo llegaba toda rozada y también empachada de tanto pan.... Se me batía la panza arriba de la Petunia, pero qué sabroso es ese pan... Hace mucho que no voy p'allá...".

Unos meses después volvía Exiquio de Poncitlán con unos picones de pasas que nunca había probado. No trajo muchos, nomás uno grande para la casa y dos chicos para el antojo. En eso, cruzando el río, vio que se mojaban los pies a la margen don Miguel, su señora doña Ernesta y la Márgara su hija, y pensó: "Voy ir a saludar a los patrones".

—Buenas tardes, don Miguel; buenas tardes, doña Ernesta; niña Márgara. —Que ya no era una niña, pero así se acostumbró.

—¿Otra vez te juites por tus picones, Exiquio? ¿Hora de qué trais? —dijo don Miguel.

—Traigo dos de pasas, que'sque están rebuenos, ¿quihubo?, ¿se le antojan? —Pos ya vas, muchas gracias, ¿qué te debo?

—Ah, patrón, ¿cómo va a creer?, deje me bajo de la Petunia y se los doy.

Se salió del río don Miguel todo mojado, agarró los panes con cuidado y dio las gracias. Le ofreció a su señora Ernesta, quien se comió uno volando y ni migajas dejó. Don Miguel se comió el otro, más bien se lo devoró y tampoco dejó migajas. La niña Márgara no quiso, qué bueno.

Exiquio se fue a sus maizales muy contento con su buena obra y su Petunia aunque, algo muy dentro de sus sentimientos no le cuadraba, sentía que había cometido un error pero no podía recordar que era. Luego pensó que quizás solo tenía hambre y ya no hizo caso más al incongruente sentimiento. Trabajó sus tierras un ratito porque ya caía el sol, bañó a la Petu y le dio su alfalfa y su rastrojo. Ya estaba cayendo el sol, eran 5 para las 7 de la tarde y su Yolanda no llegaba… "¿On'tará mi mujer? ¿Por qué se dilata tanto?", pensaba y por allá se veía venir caminando muy lento su Yolanda

—¡Quicooooo, veeeeen! —le gritó a Exiquio, quien apretó el paso hacia ella.

Se abrazaron y ella le explicó cómo se habían ahogado sus patrones don Miguel y doña Ernesta.

—¡Pero no puede ser, Yolanda! ¡Los acabo de ver bien y la niña Márgara estaba con ellos! —dijo Exiquio.

Pasaron unos meses del entierro. Un día antes había caído la primera lluvia y la tierra ya se había barbechado y preparado desdendenantes. Exiquio venía llegando de sembrar varias parcelas junto con sus amigos. Les dio agua y las gracias, y se fue a darle de cenar a su Petunia, cuando entre el rastrojo se encontró el picón de pasas grande que nunca se comió, ese picón que había comprado a un chiquillo en Poncitlán junto al puente. Y pensaba: "Seguro con el alboroto de los patrones de mi vieja se me olvidó que aquí había dejado el pan. Uuh, ya está reduro, pero ¿qué no aflojará con un vasito de leche? Deja lo llevo pa la casa y luego regreso pa darle de cenar a la Petu. Mmm…, qué sabroso se ve. Le voy'ir dando una mordida".

Con calma disfrutó la mordida de pan duro, aunque tosía porque estaba muy seco y medio se ahogaba, pero le dio otra mordida y luego metió el pan en su bolsa. Al tiempo que de lejos lo miraban sus amigos cómo se subía a la Petunia, se dieron cuenta de que se le vencieron las fuerzas y se desplomó al suelo. Por un momento, a Exiquio la boca le supo a tierra y de nuevo le vino ese extraño sentimiento de haber cometido algún error, luego todo se le hizo silencio y después oscuridad. De pronto apareció en el río Lerma, verde, tranquilo y hermoso, donde lo esperaban sus padres y un hermano que nunca había conocido y vivieron felices eternamente.

Corrieron a ayudarlo sus amigos, levantaron el cuerpo de Exiquio inerte del suelo y lo llevaron con el doctor Sabier, pero ya se había petateado. El pan quedó pisoteado y olvidado y la Petunia en su corral.

Fue cataflam, tramafat o patatús. Quizás fue un aire o el soponcio. Era muy trabajador. Quizás fue el corazón. Quizás Yolanda le insistía demasiado. Fue buen hombre, a todos ayudaba en el campo sin dudar y todos los campesinos fueron a despedirlo. Yolanda quedó sola, de negro y triste. ¿Quién la ayudaría ahora con el maizal? ¿Y la Petunia? ¿Y la insistencia?

16

✦ ✦ ✦

Tina, Toña y Tania

Bola de viejas atarantadas, chismosas, alegonas, todas hablan al mismo tiempo y nunca se separan. Así son las Hermanas de la Caridad del orfanato de la embajadora en Iztatán. También son acomedidas y trabajadoras. Son confiables y hacendosas, generosas y dedicadas. Se critican mucho entre ellas a ver quién hizo más y quién se levantó más temprano a hacer no sé qué cosa. Ya barren, trapean, revisan y cuidan a sus niños. Bueno, hasta pintan y hacen albañilería rete malhecha con tal de presumir entre ellas quién hizo qué.

A una se le ocurrió acordarse de los picones de Poncitlán: que si podían ir a pie, quién iba, y que si no, que quién las podría llevar. Ahí va otra vez la alegata y hasta se juntan. Eran tres y ahora hay ocho hablando al mismo tiempo y del mismo tema. ¡Qué locura, Dios!

Total, sabe cómo, acordaron que solo irían tres a pie. Así se irían rotando quién cargaría el agua necesaria para el paseo y de regreso los panes, y si una se lastimaba no se quedaría sola y la tercera iría a pedir ayuda. Si mensas no eran, pero nomás entre ellas se entendían.

Como pasado mañana por al mediodía llegaría doña Adelfina, entonces sí alcanzaban a ir y volver para traerle de probar algo que seguramente le gustaría y que no había paladeado antes.

Tina, Toña y Tania se levantaron al mismo tiempo y se fueron antes de que rompiera el amanecer. Sus distintas siluetas negras parecían ánimas en pena cacareando. Agarraron por veredas y caminos seguros y no tuvieron ningún inconveniente más allá del cansancio y sus gargantas irritadas de tanto hablar en el frescor de la mañana. A medio camino vieron que volaba un sobre de papel amarillento por el viento, no muy lejos de ellas y les dio curiosidad qué hacía ese documento a medio campo:

—Vamos a ver qué es —dijeron las tres al mismo tiempo. Por fin atraparon el sobre que volaba, lo abrieron con mucho cuidado y vieron que traía una carta. Era una carta de amor. La guardaron esmeradamente, siguieron su camino y llegaron con bien a Poncitlán.

En la panadería les dijeron:

—Están por sacar del horno los picones y va a haber que esperar para que se enfríen, recién salidos no se los pueden llevar. ¿Qué quieren ir apartando? Los grandes cuestan dos jaliscos y los chicos cincuenta centavos—. Y que empieza la alegata entre las tres mujeres al grado que les pidieron pasar afuera del local para no atarantar a los panaderos ni a la clientela.

Luego de diez minutos de barullo, ya con las voces bien rasposas, concluyeron llevar solo panes grandes, serían diez: uno para Adelfina y los demás para partir en pedacitos entre los niños y todas las hermanas de la casa hogar.

—Muy bien, ¿y de que los quieren? Hay naturales y de nuez —indicó el que atendía. Nooo, bueno..., parecía que se iban a pelear, ya ni voz tenían y seguían alegando, y la gente que quería comprar pan en la fila se reía y se reía.

Total, acordaron que fueran once, uno de cada uno para Adelfina, otros cuatro naturales y cinco de nuez.

Los picones se enfriaron y se los llevaron.

Saliendo del pueblo entre las vías y el río antes del puente, estaba un chiquillo con su mesita ofreciendo su pan y se le acercaron diciéndole:

—¿De qué tienes, mijo? —le dijeron para ayudarlo.

—Me quedan de nuez, natural y de pasas, pero nomás tengo chicos.

—Danos tres de pasas, por favor, de nuez y natural ya traemos.

—Ah, pos de pasas nomás me alcanzó para hacer uno.

—Bueno, pos ese nos llevamos, seguro a doña Adelfina le va a gustar.

En eso venía bajando por la calle una carreta de la piconería Rentería con dos señores, uno raro sentado de ladito y otro que resultó ser Remigio, el dueño de la piconería, quien le gritó al niño:

—¡Íralo, Sergio! ¿¡Ya vendites todo!?

—¡Pos ya casi, Remi! Nomás que se animen las tres hermanas, ¿edá?— le respondió el niño con una sonrisa gigante.

—¡Ta güeno, acá te miro en la piconería!

Once picones grandes y uno chico de pasas se llevaron a pie, de Poncitlán a Iztatán, las tres afónicas y atarantadas hermanas Tina, Toña y Tania.

Lo bueno es que en el camino ya no había más que hablar y, aunque hubiera, ya no podían.

En total, de Poncitlán salieron cuatro panes que horneó con pasas el chiquillo y que se fueron a Iztatán, cambiando el rumbo y la historia de todo ese pueblo, de todo Guadalajara, de nuestra nación Jalisco y la hermana provincia de Navarra. Y naiden lo supo jamás. Naiden.

17

Las alpacas de Iztatán

Siete alpacas acabaron con los poquitos cultivos que había de calabazas. Arrasaron con todo. Nomás dejaron las ramitas de las plantas y todo pisoteado.

Qué escándalo se hizo en el pueblo cuando las estaban atrapando. Corrían asustadas y despotricaban juntas por todos lados y se oían los gritos de la gente por las calles que trotaban.

Qué extraños animales, nunca se habían visto en Iztatán, parecían borregas de cuello alto. Todos en el pueblo salieron a las calles llenos de curiosidad para mirarlas.

Hicieron un desastre, pero la gente alborotada y emocionada se reía del desorden y los sustos que sacaban. Las perseguían, las querían lasar, les aventaban cosas para que se fueran. Pobres alpacas, ya se volvían locas, pero ninguna salió lastimada.

Por fin las arrearon a un corral de cerdos cerca de la escuela hasta que llegó don Fernando Pamplona, un señor muy educado, gordo, chaparrito y elegante. Dijo que eran suyas y que se habían escapado de su circo. El gentil señor pagó los daños sin remilgo y además regaló como veinte boletos para los niños y dijo que a los adultos les cobraría medio precio.

Muchos fuimos y la pasamos muy bien y asombrados de tanta cosa que nunca se había visto en la región. Trapecistas y magos, muchos animales, un tigre, pericos, changos y una señora gorda y barbuda, guácala. También un hombre dizque muy fuerte, pero que de a tiro se miraba que los enormes pesos que levantaba eran de cartón.

Quedaron cinco alpacas en el circo, porque al presidente municipal le encantaron y pudo comprar dos, macho y hembra, para que hubiera un atractivo más que visitar en Iztatán. Las pusieron en un corral allá arriba en la lomita, con su tejabán, y parece que les cayó bien el clima y estaban a gusto porque al poco tiempo ya había más.

Cada año sueltan las alpacas de Iztatán para que el pueblo se una en alboroto al quererlas atrapar; algo así como la pamplonada, pero con alpacas.

18

El doctor Sabier de la BagazoUrdentistos ChírriberenaPérez

Joxé Sabier Martín de la BagazoUrdentistos ChírriberenaPérez era un jactancioso pero buen doctor y cirujano de Navarra que practicaba en Iztatán y que, como todo lo bueno de aquí, fue convencido, invitado y traído por la embajadora Adelfina para el cuidado y mejora de la salud del pueblo.

Siempre impecable con un peinado relamido, sus dos zapatos blancos, una bata blanca con un termómetro y dos bolígrafos, atendía la farmacia y daba consulta a la gente de Iztatán con preferencia a los niños y las hermanas de la casa hogar.

Tendría unos cuarenta y pocos años, pero la viudez le acentuó un gesto duro y algunas canas que lo hacían ver como de 57. Imponía silencio, respeto y orden. Su voz no tenía nada de especial más que su ceceo español.

Se pasaba de asertivo rayando en lo burlón. Sí era muy reconocido en el pueblo por derecho, bueno y trabajador, pero nadie lo postuló jamás para munícipe..., y él tampoco hubiera querido porque siempre le faltó un poquito para sentirse deveras como gente de aquí.

—Yo soy el doctor Sabier de la BagazoUrdentistos ChírriberenaPérez —se presentaba siempre diciendo tooooodo su nombrezooooote completo. Los que ya sabían de eso se agachaban para tapar su propia risa diciendo en voz bajita susurrando algo así como: "Yo soy el doctor Chabier Payaso y Dentista Chiripiorcas".

En Iztatán la gente es burloncilla sin abusar, tal vez más bien adopta con cariño porque todos le decían Sabi o don Sabi, ni siquiera doctor.

Así decían más o menos:

—Me duele la panza.

—Vete con Sabi a ver qué te da.

—Ira, me raspé regacho en la milpa.

—Vete con Sabi, él sabe qué hacer.

—El niño trai calentura y es tarde.

—Ve a tocarle a Sabi, ya verás que vendrá.

Sabi vivía muy cómodo y solo al fondo de un callejón en una bonita y apacible casa con portales y jardines floreados y bordeados de cipreses y un árbol de aguacate. Tenía dos caballos al fondo y en la entrada una gran fuente de cantera. En los portales colgaban jaulas de pájaros, que le gustaba escuchar todo el día. Había dos perros grandes sin nombre, nadie sabía de quién eran, pero ahí los alimentaban.

Cuidaban de la bonita finca y los animales el matrimonio de Virginia y Bernardo Valente, unos viejecitos dulces, aunque Virginia era muy dura y testaruda y Bernardo buena gente y bien borracho.

Sabi era como un reloj. Diario, de lunes a viernes a las seis y media de la mañana, salía a pie de su casa a la farmacia y consultorio donde se encerraba hasta las siete con treinta en punto para leer y contestar su correspondencia, aunque nadie supo nunca con quién se escribía tanto.

A las siete y media descansaba un poco, se tomaba su café y leía algún libro o revista médica y ordenaba su despacho. A las ocho exactas abría la farmacia y la consulta puntualmente. Si llevabas tus chiquillos a la escuela y la farmacia estaba abierta es que ya ibas tarde. Así mismo la bonetería, los abarrotes y carnicería daban servicio más o menos hasta las seis, cuando veían cerrado con "don Sabi" como también de cariño le decían.

Un día, eran ya como las seis y media o siete de la tarde, pardeaba el sol y subía corriendo y llorando la Márgara por la calle. Venía con sus ropas mojadas y gritaba:

—¡Saaaabiiiii! ¡Saaabiii! —Márgara tocó fuerte, pero nadie abrió la farmacia y siguió corriendo hacia el callejón. Hizo sonar la campana de la casa de Sabi y casi tumbaba el portón. Abrió Sabi y le dijo:

—¿¡Pero qué sucede, Márgara!?, ¿qué sucede?

—¡Mis papás! ¡En el río! ¡Se ahogan! ¡Vámonos!

—¡Pero no traigo mi bata!

—¡Y qué me importa! ¡Vámonos pronto!

Cuando llegaron había más gente, pero ya era tarde: don Miguel Mirales y su señora doña Ernesta habían sido arrastrados varios metros bien ahogados por el río. Sabi no pudo hacer nada y pidió a los policías y soldados que llevaran los cuerpos envueltos y con respeto a la funeraria:

—No les hagan nada, nomás envuélvanlos en alguna tela, cortina o sábana y ahí me esperan.

En eso llegó Efrén, hermano de Márgara, vuelto un loco, que no podía hablar ni parar de llorar. Estaba privado de a tiro. Márgara lo abrazaba, pero él pobre como que no sentía nada ni pensaba en nada, solo lloraba y lloraba y no se podía ni mover.

—¡Aquí no debe haber niños y mejor ya váyanse todos a sus casas! —Puso el orden Sabi—. Márgara..., Efrén..., lo siento mucho... —dijo Sabi y les dio una palmada—. Los veo más tarde...

Y por fin Efrén movió la cabeza y asintió. En eso llegó José Ramón Adelfino corriendo bien agitado.

—Márgara, ¿¡qué pasó!?

Ella lo abrazó y Efrén le dijo:

—José, llegaste.

Y él también lo abrazó.

Tiempo después:

—Qué difícil, Iztatán, despedir a dos de tus hijos más queridos y buenos con los demás. Qué finas y generosas personas fueron don Miguel y doña Ernesta. Estoy seguro de que todos en el pueblo, en algún lugar de su corazón, comparten el pesar que hoy invade a nuestros queridos Márgara y Efrén. Que descansen en paz y Dios los tenga en su santa gloria por siempre. —Fueron las cortas y sentidas palabras del munícipe Lic. Alfredo Italocias Murancingo en el camposanto, al mediodía del día siguiente.

El párroco también habló, pero no me acuerdo qué dijo.

Al coronel Sanderos se le hizo raro todo el asunto y también fue al entierro y aprovechó para echarle el ojo a Yolanda quien se puso nerviosa volteando la mirada y poniéndose colorada, porque andaba con Exiquio, su esposo.

Pasaron varios meses en los cuales Sabi iba diario al correo para preguntar por unos análisis; cuando llegaron invitó a Efrén y Márgara a platicar.

—Pásate, Efrén. ¿No viene Márgara? —preguntó Sabi en la consulta.

—No pudo, tiene un pendiente importante, pero dijo que le pase tu recado, Sabi. Dime, ¿de qué quieres hablar?

Sabi cerró la puerta y le dijo:

—Mira, Efrén, ya hablé con el coronel de esto. De hecho, se te adelantó. Anda muy suspicaz con el fallecimiento de tus papás. Tienes que saber que en los dedos y en la lengua de tus padres encontré unas manchas amarillas que resultó ser pasiflorina... con cianuro y piloncillo. Hasta ahorita ya buscaron en el río donde estaban y no han encontrado ni un rastro ni sus ropas. No sabemos quién se lo dio ni cuándo ni de dónde salió. Aquí no se vende cianuro en Iztatán. Dice el coronel que tal vez lo trajeron de Ocotlán o Poncitlán. Ándate con cuidado y avísale a Márgara.

Efrén, que era muy sentimental, se fue caminando y atando cabos. Hasta se mareó. Iba tanteando sus pisadas por el empedrado derechito para su casa. Llegó, abrió la puerta y distraído ni la cerró.

En el patio trasero, Yolanda parecía que lavaba ropa y se asomaba a la ventana de Márgara a cada rato; muy discreta pero agitada y como con algún pendiente de algo, su cara sudaba, tal vez por su vestido de luto, que no tenía mucho de estárselo poniendo.

En su habitación, Márgara se estaba arreglando para su cita de primer aniversario de novios con José Ramón Adelfino y en eso entró Efrén. Ella le dijo:

—Hola, Efrén, ¿quieres un dulce? —le ofreció Margara y continuó—. ¿Cómo te fue con Sabi?

—¿Me quieres explicar qué es esto, Márgara? —cuestionó Efrén aventándole los análisis al tocador.

—No tengo idea, Efrén. ¿Estás bien de salud? ¿Qué te dijo Sabi?, ¿qué quería?

—¡Márgara, estos son los análisis que comprueban que mis papás fueron envenenados! ¡Muéstrame tus manos amarillas! ¡Esos dulces son veneno! ¡Tú los envenenaste!, ¡no se ahogaron!

—Efrén, pero ¿¡qué te pasa!? ¡Cálmate! ¡Explícame! ¡Suéltame! ¡Suéltame!, ¡me lastimas!

Sujetándola de las manos, le siguió gritando para después aventarla diciendo:

—No nomás tú eres valiente. ¡Yo también me animo! —Efrén sacó rápido su pistola y pronto le disparó a Márgara. Ella cayó jadeando, desangrándose, llorando. Efrén permaneció de pie, bajo el arma, paralizado. Escuchó un ruido en la ventana, subió su vista y su pistola, y sintió tres golpes muy fuertes, muy calientes en el pecho y cayó de espaldas: todo se le hizo irremediablemente oscuro… Y silencio.….. Y luego vio a sus padres de nuevo… y el río Lerma con calma, todo verde y muy hermoso. Y luego vio a Márgara y toda la familia estaba reunida, en silencio, en paz y feliz para siempre.

No pasaron tres minutos y ya estaban en la casa de los hechos Sabi, el coronel Sanderos todo desfajado, sudado y despeinado y el munícipe Alfredo. Claro, el pueblo metiche y morboso se empezó a juntar.

—¡Se me largan todos! —gritó poniendo orden Sanderos.

—Tú quédate, Sabi, y, por supuesto, usté también, licenciado. Vamos viendo qué pasó aquí.

Sabi revisó con mucho cuidado los cuerpos tendidos de los hermanos y encontró unos dulces amarillos en una cajita de Márgara, el mismo tinte que había en los dedos de Márgara, el mismo encontrado antes en don Miguel y doña Ernesta. Todo se mandó a analizar para que no hubiera errores. Sabi se encargó.

Luego Sabi les explicó al munícipe y al coronel lo que más temprano había hablado con Efrén, de donde este pudo haber relacionado el color amarillo de los dulces de Márgara con el envenenamiento de sus padres, siendo ello el detonante de la tragedia.

El coronel les pidio mucha discreción a Sabi y al munícipe en respeto a Yolanda, explicándoles por qué estaba él ahí en el momento necesario, sudado y con las ropas desarregladas.

19

✦

Yolanda despide a Exiquio

Vine al río a despedirme de ti, Exiquio, a dejarte ir.

Mucho te agradezco toda esta vida que tuvimos desde jovencitos, tan tranquila y sin problemas. Tú siempre tan dedicado a tus milpas, a tu Petunia y a mí. No me hizo falta nada desde el día que te conocí.

Gracias por sacarme del vagón del tren volteado. Yo estaba rodeada de cuerpos rotos, de mujeres despedazadas, desangradas y torcidas, miré hacia arriba pensando que ya estaba muerta y te vi cómo te asomabas por arriba, al mediodía. Ese día nublado la luz te daba en la espalda y te me apareciste como un ángel a salvarme. Cambiaste mi vida. Todo lo que vivimos juntos nunca lo podré olvidar.

Muchas gracias, Exiquio, por aguantarme y abrazarme tantas noches que me despertaba gritando asustada por el recuerdo del tren. Gracias por tu paciencia, comprensión y amor. Tú me curaste y siempre estarás en mi corazón.

Hoy terminó tu novenario y un buen señor de buenas intenciones me acompañó a la misa. Es persona de una pieza y sé que me va a cuidar muy bien. No con tantos detalles de cariño como los tuyos, pero bien, luego luego se ve que me respeta y que es gente de palabra. Te pido tu permiso y tu bendición para continuar mi vida. Sé que un día de nuevo te encontraré, tal vez aquí mismo en el río donde tanto te gustaba que viniéramos y donde siento tanto tu presencia.

Te extraño con todo mi corazón y me resigno a extrañarte por siempre.

Hasta pronto, Exiquio, te prometo cuidar con amor de tu Petunia y tus maizales.

Terminando su despedida, Yolanda se quedó de pie en silencio unos minutos y se le salieron varias lágrimas que dejó correr por su cara sin limpiárselas, como queriendo que Exiquio lo hiciera. Luego ya no se aguantó y lloró a río suelto. Traía muy atoradas esas lágrimas y ese llanto. Se le aflojaron las piernas y se hincó a seguir llorando y soltando todo ese pesar que había traído tapado por días.

Después de un rato empezó a respirar profundo y poco a poco se le pasó el sollozo y el llanto, se calmó, se limpió su cara y se puso de pie.

De repente se le vinieron a la mente unos elotes, suspiró fuerte, se dio la media vuelta y se fue caminando atribulada y sola para el maizal. Volteó hacia el río unas tres veces, tal vez Exiquio la llamaba, tal vez ella esperaba que Exiquio se le apareciera, sentía su presencia.

Entre ida, sin buena conciencia de sí misma aún, le pareció ver a lo lejos a una mujer de chal morado regando algún polvo en el maizal, a lo cual su tristeza no le permitió dar ni la mínima importancia.

Su corazón seguía doliéndole, lo sentía pesado al caminar y se le venían gestos de compungidos sin querer.

20

✦ ✡ 🐸 ☪

Bruja borracha

Una gitana con aliento de aguamiel, ropas estrafalarias, chal morado de lentejuelas, uñas y velo negros se le acercó a Adelfina justo saliendo de la inauguración de La Capilla de Nta Sra. del Río. Los guardias personales de Adelfina, Campa y Diego, de inmediato la sujetaron de los brazos.

—Suéltenme, soy mujer de bien. Solo quiero invitar a la embajadora a una noche especial.

—Suéltenla —dijo la embajadora—. Dime, mujer, ¿quién eres y de qué se trata esa noche especial?

—Soy una simple mujer adivina. La última noche del mes hay luna nueva y la margen del río detrás de los maizales, donde están las piedrotas, será un lugar ideal para decirles su destino a la media noche a usted y a todos quienes quieran, invite a quien guste.

La extraña mujer de chal morado con lentejuelas y botas negras se dio media vuelta y pronto desapareció entre la muchedumbre. Adelfina, Campa y Diego preguntaron a todo el pueblo, pero nadie sabía quién era ni de dónde venía.

¿Era gitana? Pero no era de Hungría porque no tenía acento. ¿Era judía? También parecía musulmana. Su voz sonaba a mujer de edad avanzada, más su tez era la de una jovencita y caminaba toda encorvada.

—¿Le vites los ojos azules? —le dijo el Campa a Diego.

—Tas tarugo, se miraban verdes —respondió Diego.

Más pronto que con telégrafos corrió por todo el pueblo y anexas la noticia de la noche de las adivinanzas, aunque nadie supo quién era la misteriosa mujer.

Las jovencitas querían saber cuándo y con quién se casarían; los huérfanos, cuándo y si es que se encontrarían con sus padres, y así cada quien con sus ilusiones.

La citada noche fue a las piedrotas más gente de la que había asistido a la inauguración de la Capilla. Unos llevaron quinqués, otros antorchas o velas. Sin luz de luna y con muchísimas luciérnagas, realmente era una escena de espíritus. Pronto hicieron varias fogatas y solito se organizó el gentío en varios grupos.

Todos estaban esperando a que llegara la gitana, ya no tardaría en dar la media noche. Faltando pocos minutos, de un grupo de gente levantaron la voz pidiendo silencio para estar atentos a la llegada de la mujer adivina. Muy ordenada, toda la muchedumbre guardó silencio cuando... se oyó como un soplido y luego un golpe seco a lo lejos, río abajo: ¡¡¡Zzztuk!!!

La gente gritó:

—¡Es ella!, ¡es ella!

Los perros ladraron y se armó un gran alboroto para ir a buscarla. Tardaron unas dos horas intentando dar con la famosa adivina, pero nunca la encontraron. La muchedumbre se deshizo y decepcionados todos se fueron a sus casas y nunca se supo más magia ni misterio que la desaparición para siempre de la adivina.

Pasado el tiempo, un domingo saliendo de misa, las Hermanas de la Caridad llevaron a sus niños a bañarse al río a una parte tranquila cerca de las piedrotas. Jugaron y se divirtieron muchísimo. Salieron los chiquillos cansados del río y se acostaron a secarse y descansar en lo que les preparaban su refrigerio.

Acostados y viendo para arriba, los chiquillos empezaron a señalar y comentar de unos espadrapos negros y morados que veían muy arriba de una palmera, estaban como pendiendo de un palo de escoba. Incluso claritas se veían dos botas negras y un sombrero picudo, así como varias botellas de vino y tequila colgando. El palo de guayabo retorcido clarito se veía como atravesaba el tronco de la palma. Los chiquillos les dijeron a las hermanas de la caridad, pero ellas les contestaron que seguro era una travesura de alguien y que no le dieran importancia, pero la Superiora visitó el ayuntamiento para pedir que se resolviera el misterio.

Se mandó gente con una escalera muy larga, subieron hasta donde estaban los espadrapos negros y aventaron todo al suelo. Cayó un chal morado con lentejuelas y cascabeles, las ropas negras y asoleadas, un par de botas negras y tres botellas vacías, una de vino y dos de tequila, también un bule con restos de aguamiel.

La escoba estaba claramente incrustada y traspasaba la palma, cosa que nunca se pudo explicar.

Las ropas estaban vacías y las botellas también.

21

✦ ✦

Cinco para las siete

♫ *Night Solace, Josh Kramer*

Ya faltaban 5 para las 7 y aún se alcanzaba a meter un sol cansado, filtrándose amarillento y pesado por las cortinas transparentes.

Un ambiente de silencio y aburrición se untaba por la salita de espera y en sus inmóviles ocupantes, las hermanas Superiora y Esperanza, a quienes la edad les había enseñado a recogerse en absoluta quietud y a esperar con eterna paciencia lo que así se requiriera. Ambas, inexpresivas, como losas de mármol, sabían que la otra estaba ya un poco ansiosa.

Todo se había preparado como siempre con obsesivo detalle para recibir a la embajadora.

En la mesa de la entrada había algunos objetos hechos con las pequeñas manos de los huérfanos, como cariñosos regalos para Adelfina. También había un par de picones grandes y uno pequeño que habían traído a pie las hermanas Tina, Toña y Tania desde Poncitlán con mucho entusiasmo.

Apenas se sentía una muy ligera brisa, pero no se escuchaba ni el vaivén de las cortinas. Si acaso hacían eco las hojas de milpa al rozarse lejanas y secas, como suaves y distantes olas de una marejada amenazante.

Casi nada indicaba que el tiempo estuviera pasando, a no ser por el lento respirar y los escasos pensamientos de las inmutables damas. Y es que llega un punto en la quietud y en la contemplación en el que ya no se sienten las piernas ni los brazos. Tampoco se siente el cuerpo ni la cara, pero el espíritu si se siente, liberado y en paz. Es un momento sin medida en el cual esperar o no esperar ya no importa.

En esa confiada y amorosa quietud descansaban también los tres picones para Adelfina, uno de ellos fatal. Muy pronto llegaría la destinataria, se lo llevaría con gratitud y, a su tiempo y por un ofrecimiento de amor, se lo comería y en paz descansaría por siempre flotando en el aire sobre el río Lerma y jugando con sus huérfanos queridos, que serían sus hijos deseados para siempre.

Quizás fue ese estado espiritual de quietud de las hermanas que permeó en todos los obsequios en la mesita, lo que le dio a Adelfina al menos una muy tranquila despedida.

Qué tristeza y qué tragedia sucederían, pero eso, en esa quietud, nadie lo sabía. Nadie lo sabía.

22

✹ ✦ ✹

Sergio, Virginia y Bernardo Valente

—Remi…, ¿ya supites que mañana va ver toros y feria en Iztatán? —le dijo Sergio a su amigo, maestro y patrón de la piconería, el Sr. Remigio Rentería.

—No sabía.

—Pos háigamos d'ir a vender picones pa que nos visiten más los de Iztatán.

—Ta güena la idea, nomás que mañana salgo de nuevo pa San Pedro Itzicán. Ira, cómo ves y le piensas y te vas tú y me dices qué ocupas.

—Posn… Yo tanteo si me llevo la mesita y unos veinte panes grandes para que convenga la vuelta si puedo con todo.

—¿Así de fácil no ocupas más? Ta güeno, llévate tu mesita y también esa cajita de cartón, te va a servir p'al cambio. ¿Tú haces los panes?

—Sí, Remi, yo los hago.

—Pos ya'stá, mañana te me levantas más temprano para horniar.

—Así le hacemos, Remigio.

Varios años antes:

Bernardo y Virginia se casaron, él de veinticuatro y ella de diecisiete. Al año nació su único hijo. Virginia estaba sana, el chiquillo también y Bernardo muy feliz, orondo.

La verdad es que Bernardo era borracho por pena y por frustración, pero no de siempre. Virginia nunca lo perdonó y jamás volvieron a la intimidad después de la tremenda borrachera en que Bernardo había perdido a su único hijo bebé. Bernardo tomaba por esta pena y por la frustración de que Virginia se la recordaba con cada rechazo.

Pobre Bernardo, se le iba en puro tomar. Sí ayudaba en casa de don Sabi, arreglaba los jardines y cuidaba de los animales, también tenía unas vacas, pero de ahí en más era solo tomar. Amaba muchísimo a su Virginia, como si fuera su propia y querida pena, con tanto arrepentimiento, dolor, compromiso, vergüenza y soledad.

Virginia era muy testaruda por amargada, porque jamás pudo perdonar a su Bernardo, al que tampoco supo dejar.

Así pensaba ella: "Bernardo, tan bruto, ese día, como te juites a emborrachar, apenas tenía una semana el niño y te lo llevastes y tomastes hasta hartar. Te rompites la cabeza en el empedrado y no te acordates ya nunca de nada, de nada, de nada".

Virginia y Bernardo iban un día saliendo de la plaza de toros La Embajadora, que en realidad se llamaba El Progresito, porque era como una réplica de la plaza El Progreso en Guadalajara, nomás que en chiquito. En Iztatán la gente estaba bien enterada de que la plaza, sin Adelfina, nunca se hubiera construido y por eso cariñosamente le decían La Plaza de La Embajadora. Incluso los carteles de toros decían

6 TOROS 6
EN LA PLAZA
LA EMBAJADORA
6 TOROS 6

Se rumora que doña Adelfina intencionalmente no llegó a la colocación de la primera piedra ni a la inauguración, porque siempre estuvo inconforme respecto de la cercanía del masivo edificio a la margen del río Lerma, a pesar de los cálculos del frufrú despacho de arquitectos Ladrón, Pexe y Lagartúa.

Medio borracho o borracho y medio, ya no atinaba ni cómo andaba Bernardo, pero era entre uno de esos dos.

—Traigo hambre, Virginia, vamos por unos picones, dicen qui hora trajieron de Poncitlán, ira, ahi ta el muchacho con la mesita.

—Joven, deme dos picones chicos de nuez —dijo Virginia.

—Sí, seño, es un jalisco.

Bernardo agarró los panes, Virginia pagó con billete de dos jaliscos y Sergio se agachó a buscar cambio en su cajita de cartón; al hacerlo se le salió la pulserita que traía amarrada al cuello con su nombre.

—¡Ira, Bernardo, ira! —le dijo Virginia a Bernardo.

—¿Qué, mujer?, ¿qué?

—¡El muchacho trai colgada una pulserita como la de Sergio!

—¿Cómo va ser? ¿Cómo te acuerdas?

—¡Pos si yo mesma se la bordé! ¿Dónde la conseguites, mijo?

—Me la dieron mis papás cuando nací —dijo Sergio.

—¿Y on tan tus papás?

—Pos yo nunca los conocí, soy huérfano de Poncitlán.

—A ver, mijo..., ven..., acércate... ¿A poco eres tú?

—Ira, Bernardo... tiene tu nariz, tus ojos y tus cejas... y mi boca... Bernardo, este niño tiene tus manos, igualitas.

La piel de los tres se les puso chinita.

—¿Seño..., a poco…, ustedes son mis papás?

Dijo Sergio rasgando los ojos de lágrimas.

—A ver, mijo, álzate la camisa, si del lado izquierdo tienes en la espalda un lunar como de botellita, entonces sí eres tú.

—Pos a ver —dijo Sergio levantándose la camisa mostrando el lunar.

—¡Bernardo! ¡Bernardo! ¡Lo encontramos por fin! —exclamó Virginia y continuó—: ¡Abrázame, Sergio, que yo soy tu madre!

Bernardo ya había tirado los panes y se había colgado del jovencito que apenas podía con los dos. Bernardo chillaba y chillaba y decía y decía:

—Perdóname, mijo, yo te perdí.

Pasaron toooda la tarde juntos los tres, le enseñaron todo Iztatán, lo llevaron a su casa detrás de los caballos de don Sabi, le pusieron un catre y se quedó a dormir... y a vivir. Bernardo dejó de tomar y Virginia lo perdonó y se volvieron a amar y formaron una familia muy bonita. Don Sabi les ayudó a poner la primera piconería de Iztatán en el callejón.

En pocos años y sin hacerle nada, el lunar de botellita solito se borró.

23

Sabier extraña a Clarisa

Amada Clarisa:

Hoy te escribo declaradamente como gente de Iztatán. Ya se me pegaron muchos modos y manías, pero allá en el cielo espero leas esta carta con el amor que te la escribo y que me vino en ocurrencia en este momento para que se la lleve el espíritu del río Lerma hasta donde estés.

Pos mira, ya no sé cuántos abrazos te tengo guardados y que no te he dado. La verdad me sorprende la cantidad que te puedo seguir guardando y, para serte sincero, uno solo que te pudiera dar o todos al mismo tiempo me tiene con las mismas ansias enormes.

Sabe cuántos cumpleaños tuyos sin verte, sabe cuántos míos sin coincidir... Años nuevos felices, navidades dulces y muchas celebraciones de la vida... La verdad, para mí abrazarte por ser tu cumpleaños sería parte de mis mejores regalos para ti. Y, bueno..., recibir tu abrazo en mi cumpleaños, la verdad, la verdad, la mera verdad..., para mí sería mi mejor regalo...

Te juro que te siento como una parte de mi piel que se me ha despegado... o que se ha convertido en dos... Eso, sí, más bien como si se hubiera duplicado.

Presiento que tú sientes todo lo que yo siento, que te tengo dentro del corazón y tú también a mí, constantemente.

No sé si tú algún día me lo digas así, pero me basta con decírtelo sin ninguna intención, como hablarle al viento y que se lleve las palabras y las revuelva con el resto del aire, sin causar daños.

Para mí es una fascinación que me acompañes en cada momento, aunque no estés presente, todo tu ser me está conmigo y nunca me siento solo, porque sé que siempre estás aquí a mi lado.

No hay momento que no sienta tu presencia, tus manos tomando las mías, tu calor y tu amor.

Te extraño siempre,
tu Sabier

24

ᴄ ᴄ ᴄ ᴄ

Pan de elote y chilladera

Terminando la triste despedida a Exiquio en el río Lerma, iba Yolanda paseando por los maizales con su pesar a cuestas y se le ocurrió que, en vez de ponerse a cocer elotes, por qué no mejor hacer pan de elote para darle un detalle al coronel… Se dijo a sí misma: "Quizás pueda hacer un poquito más y convidarles también a los muchachos del cuartel. Segurito que les voy a alegrar el día".

Se encontró un costal tirado, lo llenó de elotes y se lo llevó a su casa, pero se le hicieron pocos, agarró más costales y se fue en la Petunia por más. Andaba ida la pobre, arrancando elotes y llenando costales, con su vestido negro y sus zapatos negros de tacón bien llenos de tierra de los zurcos. Para cuando salió de su trance estaba en su cocina con una pila enorme de elotes y sorprendida: "¡Dios santo, y hora qué voy a hacer con tanto!".

Y pasó poco tiempo y pronto le volvió el trance mientras empezaba a cocinar. Ocho panes grandes terminó en varias formas y tamaños, pero…: "¿Y hora a quién se los voy a dar?", pensaba.

Se fue a dormir cansada de tanto cocinar y con su corazón agitado de tanto sollozo y llorar. Al día siguiente se levantó temprano, limpió sus zapatos y se arregló para ir a repartir los primeros panes que ya se habían enfriado y quedaron así:

- Uno mediano de buen tamaño para el coronel Sanderos que se puso colorado y muy agradecido al recibir.
- Otros tres partidos en cuadritos para los muchachos del cuartel, que muy felices se pusieron.
- Otros dos para la farmacia, uno entero y el otro en cuadros para que don Sabi lo repartiera como quisiera.

No podía faltar que Sabier le dijera:

—Muchas gracias, mujer, me los hubieras llevado a la casa, aquí no es abarrotera.

Y en eso pasaba José Ramón Adelfino y también le convidaron un pedacito. Despuecito de él llegaron Bernardo y Virginia, pero ya no les tocó pan, más bien ya no les tocaba.

Le quedaron dos panes grandes y pensó que lo mejor era llevarlos a la casa hogar y los partió en cuadritos.

Yolanda no quiso pan para ella, andaba como empachada de tanto oler a elote, así que se regresó a sus quehaceres de su hogar y a darle de comer a la Petunia, que seguro ya iba a estar desesperada.

Mientras que Yolanda caminaba, se empezó a sentir aliviada, como que algo de pronto la había sanado de su pena, se sentía alegre y bendecida y hasta cantaba contenta.

Mientras tanto en el cuartel ya se habían comido los panes y, por alguna extraña razón, todos los soldados rasos y mandos intermedios se pusieron a llorar. Unos recordaban cómo les pegaban de chiquillos, otros un amor, otros una pérdida, otros su familia, todos chillaban quedito, a escondidas, como para que nadie los viera, y no podían parar.

Mientras tanto José Ramón Adelfino caminaba comiendo su pedazo de pan, masticando y llorando quedito por su Márgara, por su cuñado Miguel y por sus suegros don Efrén y doña Ernesta. Pero no lloró por ser huérfano, eso ya lo había sanado. Quiso estar solo y se metió a un callejón y ahí siguió llorando despacito, sentadito en un huacal.

Mientras tanto el Coronel Sanderos, con desespero, ya se había comido medio pan y recordaba a su finada esposa, recordaba sus batallas y sus soldados muertos, muy en especial la del famoso tren en donde casi acaban con todos. Lloraba despacito y a escondidas para que nadie lo viera. Lloraba por todas las almas que él había llevado a la muerte. Recordando a cada soldado de sus fuerzas y también de sus enemigos que él había visto en sus últimos suspiros. Lloraba por su soledad y por la vida que había escogido.

Mientras tanto en la farmacia, el doctor Sabier, para deshacerse rápido de lo impropio de los panes en ese lugar, les convidó a todos sus pacientes y a los acompañantes, y también él se comió un buen pedazo, de modo que todo el pan pronto se acabó y así también, de pronto, todos los pacientes, sus acompañantes y Sabier empezaron a llorar. Sabi, encerrado en su consultorio, acongojado por su Navarra que extrañaba y por su difunta Clarisa más que nada. Los demás pacientes y acompañantes muy sentidos por sus cosas propias y privadas, pérdidas, añoranzas, desesperanzas, nostalgias, decepciones, desamores, traiciones y hasta por aquel juguete que de niño a alguno le arrebataron y rompieron.

Mientras tanto en el orfanato los chiquillos terminaron de arrebatarse y tragarse los deliciosos trozos de pan. Las hermanas, con desesperación contenida y prudencia, se repartieron y comieron. Todos masticaban y lloraban por sus recuerdos en bajito. Los niños chillaban quedito por los papás que nunca verían. Cada uno encontró un rincón donde llorar solito. Las hermanas lo hacían por las familias, amistades y lugares que habían abandonado o quizás por un amor que siempre soñaron. Cada una en un lugar por separado, sollozaban en bajito.

♫ *Silver Light, Vincenzo Adelini*

Al llegar el mediodía, todos estos personajes ya estaban en paz, desahogados, tranquilos, con perdón propio, aceptación y resignación de todas sus penas, y también estaban llenos de pan.

Una luz salió del sol, muy brillante, más de lo normal para esas fechas, pero no hizo calor, y una suave y fresca brisa pasó por todo el pueblo y retornó la felicidad y tranquilidad a todas esas personas y todo volvió a ser normal, pero mejor.

25

✦ ☾ 🐝

Clarisa conoce a Sabier

¿Cuándo iban a pensar Jonás Villa y su señora Alejandra Igartúa que tendrían una hija que, sin saberlo nunca, cambiaría la historia de un pueblo y dos naciones?

Mónica Villagartúa (así decía en su acta equivocada), veracruzana de Alvarado, terminó la primaria y tomó unas clases de secundaria cuando ella y sus padres decidieron que ya era mejor que se dedicara a atender la abarrotera de tiempo completo. Se le daba muy bien tener todo limpio y ordenado, le gustaba la ganancia de dinero y era buena con proveedores y clientes.

Siendo su padre de Navarra, ella aprendió de él a curar jamones y a hacer embutidos. Sabía preparar conservas y encurtidos, y tenía un modo especial para empacar semillas para que duraran sin que nada les pasara. Trabajó ahí desde que dejó los estudios y hasta que falleció su madre a los setenta y siete años, teniendo Mónica treinta y dos, edad en la que se unió a las Hermanas de la Caridad soltera, sin hijos, huérfana y experta abarrotera.

Al presentarse con ellas, le hicieron la acostumbrada y larga entrevista. Sus habilidades y conocimientos eran de gran valía para la hermandad, aunque por un pelito y no la aceptaban por su golpeado, directo y vulgar lenguaje, que era tan florido que hasta groserías nuevas aprendieron.

Fue muy bien ubicada de inmediato en una labor donde estaría ella sola y con poca supervisión: la nueva abarrotera de la casa hogar de Poncitlán, en el vecino país de Jalisco.

Mónica estaba muy feliz y no paraba de sonreír en todo el viaje. Llegó entusiasmada a la casa de huérfanos de Poncitlán y así vivió casi toda su vida, haciendo lo que más le gustaba, manejar la abarrotera.

Sus nuevas hermanas la recibieron con mucho cariño y la rebautizaron como "la hermana Claridosa", por pelangocha, o simplemente "Clari" o "Clarisa".

Pronto preparó las repisas, tambos, botes, estantes y mostradores. Recibió los primeros pedidos de mercancía y acomodó todo con una energía y gusto sin igual. Afuera en la fachada, encimó unas cajas y sin permiso de la Superiora se puso a rotular unas letras blancas y medio chuecas que decían "ABARROTF"; todavía no pintaba el palito de abajo de la letra E cuando sus hermanas le dijeron que parara porque pronto llegaría un letrero muy bonito que les había mandado la embajadora.

Bueno, pues el letrero llegó, lo desempacaron y era precioso, de madera con fondo blanco y grandes letras rojas, brilloso, brilloso. Cuando lo estaban colgando encima de las improvisadas y chuecas letras, se les resbaló de las manos, se cayó al empedrado y se rompió en mil pedazos...

Así las cosas, pasó el tiempo y nunca llegó otro letrero, por lo que se quedaron las letras rotuladas y todo mundo en el pueblo pronto se acostumbró a llamarle "La Abarrotefe", y por eso ya no le completaron lo que faltaba.

La gente del pueblo enviaba a sus chiquillos al mandado diciendo:

—Vete con Clarisa y te traes velas y cerillos.

—Te me vas con la Claridosa y le pides un kilo de arroz y otro de lentejas.

—Anda, ve y corre con Clari, a ver si ya están los jalapeños en escabeche.

—Dile a Clari que ti haga cuatro tortas de jamón con chipotle y te las trais de La Abarrotefe.

En Poncitlán también adoptan con cariño a sus inmigrantes. Casi todos pensaban que Mónica se llamaba Clara o Clarisa y que le decían "Clari" de cariño, pero tú ya sabes la verdad.

No pasaron dos semanas de estar puestas las mercancías cuando Clari empezó a notar rastros de ratones y una que otra caja y costal roídos. Muy dispuesta ella sola a poner orden en su abarrotera, salió decidida de la casa hogar dejando un papelito en la puerta cerrada que decía: "Horita vengo, no dilato ni madres", y rapidito se fue a comprar el buen remedio que ella conocía.

Efectivamente, no tardó Clari en regresar y ya había gente afuera de La Abarrotefe, entre los clientes también estaba la Superiora, con el papelito apachurrado fuertemente en su mano derecha y la cara bien desencajada. Levantó el arrugado papel con dos dedos y le dijo a Clari:

—Por favor, atiende y luego hablamos de esto. —Y así sucedió—. Mónica, explíquenos qué es este papelito que dice "No me dilato ni madres" —apremió la madre Superiora. Y, bueno…ya te imaginarás el resto del regañadón. Clari explicó que no se había tardado ni cinco minutos en comprar un remedio para los ratones. La Superiora, espantada, agregó—: ¡Pero cómo que hay ratones! ¡Mónica, encárguese de erradicar para siempre esa plaga!

Y así lo hizo, agarró unos puños de pasas frescas y las puso en un rincón de un mueble en donde había más rastros de ratón y con mucho cuidado les puso un chorrito de cianuro.

De ese día en delante, Clari mantendría siempre uno o varios cerritos de pasas frescas con cianuro en los rincones de la abarrotera. Así pasó el tiempo, haciéndosele costumbre y sin tomarle importancia en decirle a nadie lo que realizaba, ya que solo ella era la encargada y los niños tenían estrictamente prohibido entrar si no estaba ella presente.

Pasaron los años, que no perdonaron la salud de la Superiora: varios achaques le estaban llegando y, al no encontrar buena cura, alguien le vino con el consejo de visitar al doctor Sabi de Iztatán, muy buen médico y cirujano de Navarra, España. Al estar todas las hermanas al cuidado de los niños, solo Clari podría acompañarla. El munícipe de Ponci muy amable les consiguió carruaje para no ir a pie. Clari preparó unos embutidos y jamones para obsequiar al afamado doctor y también fue a comprarle unos picones, que no podían faltar.

En ese momento le llegó un pedido de mercancía que tenía sin acomodar y ya le andaba por salir con la Superiora a Iztatán, por lo que se le ocurrió llamarle a uno de sus huerfanitos:

—¡Sergiooo! ¡Sergio Martíín! Ira, ¡ven, mijo! Ya no alcanzo a terminar de arreglar la chingada abarrotera con todo lo que acaba de llegar, no falta mucho, pero yo me tengo qu'ir. Ahi como Dios te de'ntender acomodas todo lo que llegó y que te quede bien, ¿eh? Al rato nos vemos. —Y se fue con la Superiora a ver al doctor.

—Yo soy el doctor Sabier de la BagazoUrdentistos ChírriberenaPérez.

—Mucho gusto, doctor Sabi, perdón, Sabier. Yo soy la Superiora de la casa hogar de Poncitlán y me acompaña la hermana Clarisa.

—Qué curioso, mi esposa, en paz descanse, se llamaba Clarisa. —Añadió Clarisa:

—Bueno, la verdad me llamo Mónica, pero casi nadie lo sabe, si gusta dígame Clarisa. Le trajimos unos picones, jamones y embutidos.

—¡Pero no puede ser! ¡Estos jamones y embutidos solo se consiguen en Navarra!

—Pues de ahí era mi papá y me enseñó a hacerlos.

—¡Válgame, pero… ¿¡Tú los…? Perdón, ¿¡usted los hace!?

Clari respondió:

—Sí, yo mera, Sabi. Que diga…, dotor Sabier. —Con una amplia sonrisa y unos ojos enormes que prácticamente se comían al doctor. La Superiora de inmediato le dio un discreto codazo a Clari.

La consulta médica prosiguió y con el tiempo la Superiora fue poco a poco mejorando su salud con las recomendaciones de Sabi, quien a su vez encontró pretexto para visitar a su nueva paciente en Poncitlán, comprar embutidos y ver a Clari, desde luego.

Tras varias visitas de Sabi a Poncitlán y las correspondientes miradas entre Clarisa y él, por fin se animó a decirle:

—Mónica, dime, por favor, ¿cómo es que habiendo tantas hermanas de la caridad a ti te tocó acompañar a la Superiora a Poncitlán aquella vez?

Clari le respondió con sus ojotes de vaca que le miraban directo, y con una enorme sonrisa:

—Lo que sucede es que todas las demás se encargan de los niños y yo solo me encargo de La Abarrotefe, por eso tuve la suerte de poder ir a conocerte, Sabier, y eso me hace muy feliz.

—Sabi se puso rojo, luego colorado y hasta sudó.

De regreso a Iztatán pensaba Sabier: "¿Cómo es que no sabemos cuándo empieza el amor? ¿Cómo es que se ha afianzado del corazón a las venas y al alma sin darse uno cuenta? ¿Cómo es que llega ese día en que el amor te ha tomado por sorpresa y te das cuenta de que te ha infectado y derrotado, de que ha destruido tus defensas, de que te ha vencido sin remedio ni cura? ¿Cómo es que llega el día en que sabes que no puedes vivir sin ella y te has hecho un adicto y solo piensas en volver a verla para suspirar de nuevo y sentirte vivo?

26

✦ 🐸

Retepoquitas semanas
Carta de Sabier a su tía Pánfila

Querida tía Pánfila:

Espero que todos estén muy bien.

Aquí también todo bien, ya más tranquilo el ambiente después de los fuertes eventos de que te había enterado.

Como ya es época, andan vendiendo flores de cempasúchil en cada esquina y se están apartando los lugares para los altares de muertos. La luna se ve enorme y muy hermosa, me gusta pensar que en verdad está más cerca. El aire huele distinto, seco y un poco polvoso, y no sé por qué, pero siempre en estas épocas llega un olor más a humo de leña por las noches. No tengo idea de qué estarán quemando o para qué.

Perdóname si ya sueno más jalisciense de pueblo que de Navarra en mis últimas cartas; me he percatado de ello, pero es algo que se te pega, como la humedad del río Lerma en verano, que no se puede evitar.

La gente del pueblo cree que no me doy cuenta de que siguen riéndose de mi ceceo y modos de extranjero, por otra parte, percibo el afecto de todos en el trato tan familiar y cariñoso que me dan. En verdad me siento abiertamente adoptado por Iztatán y no puedo estar más comprometido con esta gente que no hace más que mostrarme su generosidad y confianza total, lo que me provoca extrañar muchísimo el calor de mi verdadera familia...

No dudo ser invitado, como siempre, al muy distinguido evento en la Embajada, pero la verdad preferiría quedarme en cualquiera de las muchas casas o barrios a los que también me convidan. Ahí se siente muy bonito el ambiente familiar en las posadas y solo tendría que llegar con muchos más regalos que con gusto les llevaría.

Aunque no me faltará dónde celebrar, te escribo con mucho cariño y nostalgia para decirte lo mucho que los extraño a todos… Y es que… qué retepoquitas semanas tiene el año.

El tiempo se va volando, apenas cuando se pasa el frío del invierno, salen las flores, luego llegan las lluvias y se siembra el maíz y poquito después se cosecha y se caen las hojas de los árboles y, zas…, ya va a ser Navidad otra vez. Es ahí mero cuando se resiente que ya pasó otro año, cuando se piensa en casa de quiénes será el festejo y quién va a ir, quién llevará qué y si va a haber pavo y bacalao. Empieza uno a pensar en los regalos, en la gente que ya no estará esta vez y, zas…, otra vez se resiente el paso de la vida aceleradamente y empieza a oler a invierno y se saca el suéter, la chamarra o el jorongo.

A cierta edad las semanas parecen días que suceden incesantemente como al ritmo marcado e imparable de "El niño del tambor", como pasos fuertes de un gigante: Pum… Pum… Pum…, al que por cierto el otro día rumoraban haber visto que caminaba uno por aquí.

Lo que alcanzaste a hacer se hizo y lo que no, ya se podrá sin remordimientos. Es un suspiro esta vida, un sueño, tal vez un pestañeo. Sucede mucho más rápido de lo que nos habían amenazado cuando éramos muy jóvenes.

El sentimiento de sorpresa se te pasa organizando la parte que te toca de la Navidad: te pones en acción, te entregas sin pensarlo enrolado ciegamente a tus quehaceres como un esclavo y cuando sucede el festejo no puede haber más disfrute en esta vida…

Tía, tu sobrino anda nostálgico, lo sé, y con mucho cariño te recuerdo, pero estoy bien, todo está muy bien.

Querida tía, te deseo que todo salga de maravilla, que el pavo no quede reseco, inyéctalo con jugo de naranja y vino blanco; que compartan en familia el gran amor de siempre y que pasen una muy feliz Navidad.

Un abrazo a todos.
Te quiere tu sobrino
Sabier

27

Respuesta de Pánfila

Querido sobrino:

Tu carta llegó como nunca de rápido. Ya comprendo por qué prefieres que te responda al domicilio de la Embajada y no a tu casa en Iztatán.

Tu primo Pancho muy ansioso me arrebató tu carta de las manos y la leyó para todos en voz alta a la hora de la comida. Nos conmoviste mucho con tus palabras. Todos te extrañamos mucho y te extrañaremos más en Navidad.

Sabier, aunque nos pusiste a todos muy sentimentales, yo alcanzo a notar en tus palabras que hay una alegría muy profunda en ti, sin rodeos; estoy segura de que has conocido a una buena mujer y eso me hace muy feliz.

Conservaré tu secreto con alegría y discreción hasta que tú decidas compartirlo con la familia.

Me tranquiliza mucho saber que estarás bien acompañado esta Navidad y que no estarás tú solo con tus pacientes en una barriada o con esa fina gente emperifollada de la embajada.

Lo que es más, creo que ya tienes ansias de cocinar ese pavo tú mismo junto a tu afortunada compañera. Como bien dices: la vida es un suspiro, un sueño breve y hay que aprovechar de inmediato las bendiciones.

Sabier, espero que hayas encontrado una buena mujer que te quiera y cuide así como yo sé que tú la querrás y cuidarás incondicionalmente.

Dios quiera que de esta Navidad a la que sigue la puedas traer a Navarra para presentarla en familia.

Te escribí esta breve carta en secreto y rápidamente para mandarte mis mejores deseos. No me pude resistir. Me siento muy feliz por ti.

Con el cariño de siempre,
tu tía Pánfila

28

✿ ☾ ✡

Jorgito se perdió

Típico domingo de día de campo, precioso, soleado y fresco a la margen del río Lerma. Las Hermanas de la Caridad llevaban a los niños de la casa hogar a pasear, bañarse, descansar y comer algún refrigerio, no todos los domingos, más bien según su humor. Ellas también la pasaban muy a gusto.

Le dieron una bolsita de morusas de galletas y pan al pequeño Jorgito, chiquillo de apenas cinco años, para que se les entretuviera dándoles de comer a los zanates, tortolitas y palomas que cada vez estaban un paso más lejos.

Para cuando acordaron, el chiquillo ya no se veía y pensaron: "Seguro anda cerca". Luego luego se levantaron y fueron a buscarlo por la margen del río, pero no apareció. Estaban preocupadísimas, y mientras unas rastreaban, otras fueron a dar aviso a la población para que ayudara con la búsqueda.

El pueblo pasó el día entero en ello… Después toda la noche, incluso mucho más abajo por la margen del río… Se dio la madrugada, el mediodía y la noche otra vez, pero el niño nunca apareció….

Por semanas, las hermanas no perdieron la esperanza, al menos tres iban a caminar por la ribera todas las mañanas a buscar a su Jorgito y aprovechaban para platicar, lavar su tristeza y aceptar su pedazo de culpa…

Decían más o menos así:

—Ni un minuto le quité la vista a Jorgito.

—Fue como si se hubiera desaparecido.

—Te juro, estaba bien cerquitas cuando lo vi por última vez.

—No, claro que no se lo robaron, nomás nadie sabe a dónde se fue.

Todas coincidieron en que el pequeño simplemente desapareció, aunque ninguna aceptaba que se hubiera ahogado o que alguien se lo hubiera robado.

Pasaron algunas semanas y el párroco no aceptó hacerle misa de difunto, pues dijo:

—Unas misas por el niño desaparecido sí podemos hacer, esperando aparezca pronto.

Creo que es de las pocas cosas en la vida que me acuerdo que dijo el párroco, y no sé si me pareció muy acertado, porque las hermanas necesitaban cerrar sentimentalmente con la tragedia.

El pesar, la culpa y la pena cubrieron toda la casa hogar con un invisible y pegajoso manto gris… Las esperanzas se empezaron a desvanecer dejando un hueco tremendo en los corazones de las hermanas de la caridad; es más, hasta les daba vergüenza mirarse a los ojos.

La resignación llegó sin que nadie la pidiera, muy a fuerzas. Las hermanas a veces cruzaban miradas como entendiéndose con el pensamiento de que "ojalá hoy aparezca" y después se les soltaba una lágrima que procuraban tapar para que los demás niños no las vieran.

Algo muy profundo se había roto en el grande y amoroso corazón de las hermanas y también de todos los chiquillos de la casa hogar.

Era como haber sido robados de un pedacito muy pequeñito pero importantísimo de su corazón y les dolía como una aguda y profunda punzada.

Oscuros, tristes días pasaron sin poder encontrar ni despedirse de su Jorgito querido.

♫ *Calming Guitar, Celestial Conscience, Sykomori*

Un día Brunilda empezó a tocar bajitos acordes alegres para los niños con su guitarra y sin querer todos sintieron algo de alivio en su profundo pesar. Así poco a poco se lavaba la pena, con el quehacer cotidiano, sin darse cuenta y, aunque muy en el fondo, con el anhelo de que un día apareciera el queridísimo niño perdido.

Oraban cada una por su cuenta y diariamente por él.

29

🐸 🐸 🐸 ▲

Buscando a Ofelia

Es la Mta. Ofelia Ocampo Medina. Casualmente, un reportero tomó esta fotografía cuando ella iba pasando. No fue sino hasta revelar la foto que el honorable reportero Joaquín Dorantes se dio cuenta del rostro compungido de la maestra; y es que resulta que recién la habían despedido de la escuela primaria donde ella enseñaba, todo debido a un malentendido de amores. La directora de la institución, Soledad Gandalle, estaba secretamente enamorada del profesor de español, Arturo Cuenca, quien, a su vez, estaba perdidamente enamorado en secreto de la linda y agradable maestra Ofelia, para quien su devoción eran únicamente sus alumnos y la enseñanza.

Bueno, pues, al empezar a sospechar la directora del amor del profesor por Ofelia, decidió despedirla de inmediato. Este chisme caliente pasó por toda la sociedad de padres de familia, quienes, además de entretenerse con todo tipo de rumores y exageraciones del caso, no movieron ni un dedo para restablecer la honra ni el puesto de trabajo de la difamada maestra.

Casualmente, a la semana del escándalo, Arturo, el profesor de español, fue ascendido a subdirector adjunto el mismo día que Joaquín, el reportero responsable de la foto, siendo persona de honor, ofreció abiertamente disculpas por la publicación de la toma, pero el daño ya estaba hecho y la disculpa no dio sino revuelo a más especulaciones.

Pasado un mes sin trabajo y con todo tipo de miradas sobre ella, Ofelia decidió mudarse a Iztatán, ingresó su solicitud y fue inmediatamente aceptada por la urgente necesidad de contar con buenos maestros para la casa hogar.

Vivió muy feliz en el pueblito, donde apenas a los quince días ya era bien conocida como la maestra Ofe.

Siendo persona de vida ordenada, pronto acomodó sus tiempos y rutinas para todo, incluso para salir a caminar al campo o pasear en bicicleta y disfrutar de la naturaleza.

"Qué bella es la vida aquí", pensaba y disfrutaba cada día.

Joaquín Dorantes, nuestro honorable reportero de la capital, no podía sacar de su mente el infame hecho cometido en contra de Ofelia. A diario y varias veces miraba la foto que le había tomado. "¿Dónde estará y cómo estará?", se preguntaba.

♫ *Caminando por la Calle, Gipsy Kings*

Más pronto que tarde, se decidió ir a verla. Rápido investigó su paradero y al día siguiente tomó el tren para Iztatán. Llegó a las siete de la mañana, se bajó volando del tren, preguntó por la casa hogar y se fue hacia allá caminando deprisa. Llegó agitado y justo alcanzó a reconocer a Ofelia cuando entraba para dar clases. Joaquín entendió todo en ese momento al verla, su piel se puso chinita, se le agitó el corazón y le llegó un aire de ansiedad…: estaba enamorado de Ofelia… "Pero…, ¿cómo si ni he cruzado palabra con ella?", se reprochaba.

Se calmó, respiró profundamente y se fue a desayunar al mercado, pero no se le quitaba lo atarantado; jamás se había sentido así, como en las nubes y con el corazón a reventar de serpentinas.

Al llegar al mercado se sentó en una barra de un puesto, donde le exprimieron un gran jugo de naranja fresco acompañado de un plato de arroz, huevos fritos en salsa roja y, claro, un infaltable birote entero.

Haciéndosele agua la boca, por poco le da un tramafat al reconocer, en medio de los puestos y la gente, al maestro de español, Arturo Cuenca. "¿Qué rayos hace aquí si lo acaban de nombrar subdirector adjunto? —se preguntó con fundada sospecha—. Seguro vino en el mismo tren que yo y por bajarme a prisa no lo vi", pensaba.

De repente se le perdió de vista el maestro Arturo y el reportero se quedó sentado tomándose un jarro café con canela, con mucha calma para bajar el desayuno, después de todo le sobraba tiempo, ya que Ofelia salía de dar clases a las dos.

Luego se compró un periódico, se puso a leerlo sentado en la plaza y tomó las cosas tranquilamente. Solo Dios podría disponer el improbable desenlace que él esperaba.

Le dio tiempo de ir a pie hasta la lomita a ver las alpacas y el retablo de la Capilla de Nuestra Señora del Río de los Ángeles Espantados. Hizo un poco de oración y luego se dirigió al barranquito para apreciar el bonito paisaje del río, sus palmeras, garzas, sauces y eucaliptos eternos.

Más tarde regresó a la plaza por un agua de limón; ya era hora de ir a la salida de los maestros de la casa hogar, quedaban solo unos minutos, pero el distraído Joaquín apenas se había dado cuenta. Sobresaltado preguntó por el camino más corto para llegar a la salida de la escuela.

—Váyase aquí derecho, al fondo nomás hay que cruzar un chiquero con cuidado y saliendo a la vueltita ahí mero va a ver la salida de los niños. Apúrele, que apenas llega. Son muy puntuales.

Joaquín le aventó unas monedas al de las aguas para pagarle y le dijo:

—¡Ahi dispense, don, me tengo que ir volando! —Y tal cual se fue hasta el fondo del callejón, brincó la tranca del chiquero espantando sin querer a los marranitos, pero al caer pisó retemal, se resbaló en el lodo inmundo del corral y cayó completito de pura cara en la masilla asquerosa. Al intentar levantarse de nuevo, lo hizo apresurado y sin cuidado, de modo que se resbaló y cayó de espalda entera quedando hecho un repugnante empanizado humano. Resignado, optó por guardar la calma y seguir caminando a su destino a sabiendas de lo que podría suceder.

Llegando a la escuela, vio cómo terminaba de salir el montón de pequeñines, unos corriendo a sus casas, otros a los brazos de sus padres. Detrás de los niños venían algunas maestras que guardaban el orden de la salida de los infantes. Ahí estaba Ofelia, a solo unos quince metros de distancia. Magnéticamente, Joaquín se siguió acercando a ella sin conciencia de su pestilente y pésimo aspecto. Faltando solo un metro para saludarla por su nombre, ella lo revisó de cabeza a los pies al tiempo que percibió su nauseabundo aroma, por lo que inmediatamente volteó su cara en otra dirección, precisamente en la que venía acercándose el maestro Arturo, quien portaba impecable traje, zapatos y peinado, y además era acompañado de un hermoso ramo de flores que le extendió a Ofelia junto con un sobre. Ofelia, sorprendida, no supo de momento qué hacer y tomó ambos presentes; luego pensó: "Flores blancas en son de paz y una carta de disculpa, no podía yo esperar menos". Tras ello, abrió el sobre para encontrar el dinero del finiquito de su anterior trabajo, pero, enojadísima, se lo aventó en la cara a Arturo, junto con las flores, mientras que con toda asertividad decía:

—No vuelva nunca más. —Volteó a ver al apestoso de Joaquín, cubierto en mermelada de marrano, que seguía de pie a solo un metro de ella y le dijo con calma y hasta con bonito modo:

—Señor, le pido por favor que se bañe.

Cubierto en la inmunda crema cajetosa, Joaquín se fue brincando y cantando de alegría para enjuagarse en el río Lerma. Al menos a él no le habían ordenado no volver, tan solo le pidieron, y con muy linda manera, que se diera un baño, y eso, pues eso no estaba tan mal. En eso escuchó de nuevo la voz de Ofelia que le gritaba:

—¡Señor, señor, tome, llévese un jabón! Aquí se lo dejo en la banqueta.

—Muchas gracias, Ofelia. —Y qué bien sintió Joaquín en llamarla por primera vez por su nombre.

—No es nada, señor.

Joaquín tomó el jabón y se fue bañar en algún recodo del río Lerma. De inmediato, con las ropas exprimidas, le permitieron de nuevo subirse al tren a Guadalajara, pero no sentado, tendría que irse de pie, para no estropear los asientos con su ropa húmeda. Su mirada estaba perdida y en todo el camino llevaba una ligera sonrisa mientras tocaba la bolsa derecha de su traje, donde había guardado el pedazo de jabón que le había quedado.

Ofelia, después de comer, sola en su oficina, se quedó pensando: "Pero qué descaro de pretensiones del maestro Cuenca. ¡No puede haber un tipo más cínico! Ni comparar siquiera con el pobre señor que venía cubierto en costras de marrano. Luego luego se ve la humildad y sencillez de la gente, hasta ternura me dio cuando me dijo 'Muchas gracias, Ofelia…'. Pero, ah, caray…, ¿cómo sabía mi nombre ese pobre menesteroso? Qué más da, pobre hombre, algo tenía que se me hizo agradable a pesar de todo, ojalá el jabón le haya hecho bien. ¡Épale!, pero ¡qué horas son ya! ¡Tengo que preparar mi maleta!".

José Joaquín Dorantes Valdez, alto, flaco y moreno tapatío, excelente conversador y conocedor del tequila, con gusto refinado por las escritura y la fotografía, licenciado en Filosofía y Letras, fotógrafo autodidacta, era sin duda un personaje afable que se ganaba con facilidad la empatía de los demás. Nació en una familia con padres geniales que en todo apoyaban a sus hijos. Su padre le dijo un día:

—Mijo, en la vida hay que ser felices, encontrar lo que a uno le gusta y demostrarse a uno mismo que ese es el gusto que uno ha escogido para esta vida. No permitas que nada te detenga. Repite y repite eso que tú crees que te gusta y el gusto te encontrará en tu corazón y tú lo encontrarás, pero mucho más espléndido de lo que pensabas.

A sus treinta y dos años, Joaquín aún no había tenido novia y contaba con excelente reputación y suficiente solvencia gracias a su trabajo como reportero en el periódico *Nuestro Tiempo*. De alguna manera y sin ser nombrado como tal, Joaquín era una autoridad en el medio periodístico, su opinión pesaba por ser claro y franco en su lenguaje, así como veraz y detallado en sus reportajes, que acompañaba con sus atinadas fotografías.

Joaquín llegó a casa, se dio un baño más a conciencia y empacó maleta para tres días junto con una libreta, sobres, estampillas y su cámara de fuelle. El pedacito de jabón con el que se duchó lo volvió a meter en la bolsa derecha de su saco. Al día siguiente se presentó a trabajar en *Nuestro Tiempo* y pidió licencia para ausentarse unos días. Salió para Iztatán a media mañana para poder llegar antes de las dos y encontrarse con Ofelia. Llegó con bastante calma y tiempo para esperarla a la salida de la escuela. Todos los niños salieron y después de ellos las maestras acompañantes del orden, pero Ofelia no salía y no salía, y Joaquín no se animó a acercarse a preguntar, solo se resignó y se fue a dejar su maleta al hostal con la esperanza de ver a Ofelia por la tarde o al día siguiente temprano.

Diminuto pueblo, ya no había nada más que conocerle. Joaquín registró su hospedaje en el hostal para luego pasearse por la calle de la escuela, caminando a ratos por la sombrita, a ratos por el sol. Vio cómo entraban y salían distintas hermanas de la caridad a sus pendientes, pero después de las seis cerraron la puerta y ya nadie entró ni salió. Joaquín se quedó una hora más y luego se fue a comprar un pan y un jarrito de leche para cenar e irse a dormir. Toda la noche pensó en Ofelia, en lo cerca que estaban y repetía en voz alta como practicando: "Hola, Ofelia… Hola, maestra Ofelia… Hmm, ejem, ejem… Holaaaa, Ofeliaaaa", hasta que se escuchó un grito de otra habitación:

—¡Con una, pues! ¡Que aquí no está Ofelia! ¡Ya cállese y deje dormir!

Al día siguiente llegó a la escuela bien aseado y no paraba de asomarse por un lado y otro procurando encontrar a Ofelia. Su sueño era presentarse él mismo con ella. Las hermanas lo miraban con curiosidad y le sonreían levemente intentando parecer serviciales. Al no ver a Ofelia, Joaquín sin remedio se animó a preguntar:

—Buenas tardes, disculpe, hermana, vengo buscando a Ofelia.

—Buenas tardes, señor. Ofelia estará todo el día ocupada, hoy no lo podrá atender. ¿Quién le digo que pregunta por ella?

—Soy Joaquín. Joaquín Dorantes.

—¡Ah! ¿Es usted el que escribe en el periódico *Nuestro Tiempo*?

—Así es, ese soy yo.

—Es un honor conocerle, don Joaquín. Dígame, ¿gusta venir mañana a eso de las once? La hermana Ofelia ya debe estar desocupada para que la pueda Usted entrevistar. ¿Le parece bien?

—Por supuesto, aquí estaré, muchas gracias. —Y pensó: "Vaya, pero qué rápido ordenaron a Ofelia".

Al día siguiente Joaquín se presentó impecable y puntual a las once a tocar a la puerta de la escuela. La misma hermana que lo citó el día anterior lo recibió muy amablemente y lo llevó a una oficina donde esperó sentado solo un par de minutos. De pronto escuchó a su espalda:

—Don Joaquín Dorantes, ¿a qué debo el honor de su visita?

Joaquín volteó de inmediato y se encontró con una viejecita de pelo cano, chaparrita y con bastón, gordita y sonriente, a quien le dijo:

—Buenas tardes, favor que me hace, vengo buscando a Ofelia.

—Mucho gusto, a sus órdenes, yo soy la hermana Ofelia; disculpe que no lo haya podido recibir ayer.

—Más bien discúlpeme usted, estoy buscando a la maestra Ofelia Ocampo Medina.

—Ah, pero, claro, ¡ya decía yo!, se trata de mi tocayita. Bueno, pues, qué confusión; mire usted, aquí habíamos cinco Ofelias.

—Dispense, pero ¿cómo que "habíamos"?

—Ah, sí, ya solo habemos cuatro. La maestra Ofelia Ocampo tomó camino antier para Chapala. Salió muy buena para organizar las clases y la mandamos a recorrer todas las escuelas de las casas hogar y algunas más. Es sin duda una maestra excepcional.

—Comprendo. ¿Y cuándo volverá?

—Uy, solo Dios sabe, tiene mucho trabajo por hacer, muchas escuelas que revisar.

—Entiendo, entiendo. Le agradezco mucho su tiempo, hermana Ofelia.

Siendo buena hora, Joaquín fue a comprar boleto de tren para Chapala, pero solo había hasta el día siguiente y no le quedó más que esperar, impaciente, toda la tarde, toda la noche y la mañana; fue a las tres de la tarde cuando finalmente pudo dirigirse a Chapala. Pensaba: "Pero que ridícula hora de salir en tren. Todos los trenes deben salir siempre temprano. ¿Qué rayos es eso de salir a las tres?".

Llegando a Chapala de inmediato se presentó en la casa hogar, pero Ofelia, la maestra Ofelia Ocampo Medina, ya había salido a San Pedro Itzicán hacía días en un carruaje.

La llegada de Joaquín había coincidido con el torneo anual de lanchas rápidas, como no pudo conseguir transporte a San Pedro, se quedó a hacer algunos reportajes y tomar fotos del evento para enviarlos a *Nuestro Tiempo*. Luego se compró una bolsa de charales fritos, pero no le tanteó bien, eran muchos y le quedaron bastantes, así que los empacó muy bien en su maleta para comérselos después.

Nostálgico, por la noche le escribió a Ofelia sin siquiera conocerla y sin saber su dirección. También lo hizo a *Nuestro Tiempo*.

Al alba, con maleta hecha y la cámara bien empacada se trepó en el único transporte que pudo conseguir, las ancas de un burro que llevaba un campesino.

—Ire, don, le cobro nomás tres jaliscos ida y vuelta.

—Pero si ayer me dijo usted $1.50 y además no sé si regresaré.

—Posn, ya lo pensé y ya menos no me conviene, don, aunque sea nomás la ida. —Joaquín no comprendió la lógica del campesino, pero tampoco quiso discutir por el abuso y aceptó el trato. El hombre dijo—: Ta güeno, don. Nomás que usté se va en las ancas de mi burro Chon y atrás le amarramos muy bien su maleta con este mecate. El tiliche delicado mejor se lo lleva con usté. Ámonos puesn y trépese después de mí.

Chon era un burro gris, muy dulce, no muy terco pero muy fuerte. Su paso era enérgico y se sentía peor que un patín en empedrado. A Joaquín se le entumió el trasero y la maleta fue azotando y azotando contra las ancas siguiendo el paso del burrito.

Pasando San Nicolás, más o menos por Tlachichilco, donde el camino se hace sinuoso, se les apareció de frente una carreta que venía de prisa, con un conductor bastante distraído que por poco los saca del camino. Joaquín le gritó:

—¡Épale conductor!

Y el campesino le gritó al mismo tiempo:

—¡Íralo, hiju'e singa'ma!

Al pasar por Mezcala ya era el mediodía, hacía mucho sol, mucho calor y, aunque faltaba poco para llegar a San Pedro, decidieron detenerse a descansar y tomar agua. Al poco tiempo de que Joaquín bajó del burro, empezó a sentir un dolor y un ardor tremendos en su trasero. Estaba más que golpeado y rozado, y ya no pudo montar de nuevo a Chon. El campesino le cobró lo mismo diciendo:

—Don, pos no es mi culpa que usté no aguante.

El campesino siguió solo con su Chon para San Pedro y a Joaquín no le quedó de otra más que ir a pie cargando la maleta y la cámara.

En el camino había charcos dispersos, señal de que estaba cruzando la ranchería de Ojo de Agua. Joaquín buscaba las orillas secas para pasar sin mojarse cuando escuchó detrás de él y no muy lejos una carreta que venía algo aprisa; se detuvo a la orilla del charco para pedirles que lo llevaran. Era el mismo conductor distraído y nunca escuchó ni vio al peregrino, pasó por un lado de él y lo salpicó bañándolo de lodo. Joaquín gritó muy fuerte:

—¡Íralo!, ¡otra vez! —aunque el carruaje no se detuvo, Joaquín pudo ver a Ofelia que se asomaba por la ventanita de atrás. Ella pensaba: "Pobre hombre, ¿dónde lo he visto antes?, ¿qué lo habrá llevado a andar solo por estos caminos llenos de lodo?"

Joaquín se quedó de pie, estupefacto, escurriendo lodo, cargando su maleta y su cámara y con el corazón palpitando.

Llegando a San Pedro Itzicán, lo primero que hizo el reportero fue preguntar por quién le pudiera prestar un baño para asearse. Lo mandaron a la casa de doña Flor y don Benito, un par de viejitos sin hijos y sin mayor quehacer.

—Claro, con gusto, pásele al patio; ire, aquí le dejo una toalla medio rota pero limpia y que seca bien. Hora aquí nomás le cierra usté la cortinita y saca agua de la pila a jicarazos. Aquí en el banquito puede dejar sus cosas. Nomás un detalle, que el jabón ya se nos terminó.

—No se preocupe, don Benito, aquí yo traigo jabón. Disculpe, ¿será mucho pedir que me enjuaguen mi ropa sucia para que se le caiga el lodo al menos?

—Sí, don, déjela colgada en la cortinita y yo le digo a Florencia que la enjuague y la cuelgue para que se vaya secando.

Joaquín se bañó a jicarazos con agua helada y con el pedacito de jabón que le había regalado Ofelia, mientras tanto doña Flor metió la ropa enlodada en una tina de agua para que se fuera remojando. Terminándose de bañar Joaquín se secó con la toalla rota y abrió su maleta para sacar un cambio de ropa limpia y exclamó:

—¿¡Pero qué rayos es este olor a podrido!?

Doña Flor también dijo:

—¡Don, pos ¿qué trai que huele tan feo?

Toda la casa se apestó a charales rancios que se habían calentado y desparramado por toda la maleta en el camino. El olor era insoportable. Don Benito señaló:

—Don, díganos, ¿está usté bien?, ¿qué está pasando?

—Sí, don Benito, todo bien, solo que olvidé que traía unos charales que se me pudrieron en el camino.

—Bueno, sálgase ya para tirar esas porquerías a la basura y para que se ventile la casa, por favor.

—¡No se va a poder, don Benito, no tengo ropa para cambiarme! ¡Toda quedó apestando a charales!

—En qué lío nos fuimos a meter, Benito —expresó Flor a su esposo y continuó—: Ira, préstale algo de tu ropa para que siquiera ya se salga del baño; pobre hombre, está ahí encuerado aguantando la pestilencia.

—Ta güeno, mujer, a ver si le queda.

Y en lo que Joaquín se esforzaba en aguantar el olor y en meterse en ropa de talla más pequeña, pasó Ofelia por afuera de la casa de don Benito y doña Flor y pensó: "Guácala, qué feo apesta esta casa, pobres viejitos, seguro no tienen quien les ayude. Le voy a decir a la Superiora de San Pedro a ver si les manda a alguien al menos una vez a la semana".

Por fin salió Joaquín, bien bañado y ridículamente vestido con ropa rabona. Se sintió tan apenado con doña Flor y don Benito que se retiró al cerro, arriba, al monte a los campos de ciruelos, a donde nadie lo viera ni lo reconociera. Pobre señor, ni hambre tenía, dejó que el tiempo pasara para que su ropa secara y pudo ver un atardecer de lo más hermoso. La laguna se pintaba de colores naranja, amarillo, azul y verde, que copiaba del cielo y de las nubes despeinadas, mientras el sol espectacular se ocultaba tras las montañas de Jocotepec.

Inevitablemente, pensó en Ofelia al admirar el paisaje y cortar unos puños de ciruelas: "Cómo quisiera llevarte un regalo de estos, Ofelia, no las ciruelas, sino el paisaje, estoy seguro de que te encantaría. Con todo lo sucedido hoy y con la pena con don Benito, la verdad más bien estoy muy feliz de haberte visto y de estar muy cerca de ti, muy cerca de encontrarte y poderte hablar en persona y llamarte por tu nombre y pasar tiempo contigo".

Antes de oscurecer, Joaquín llegó a casa de don Benito, le dio las ciruelas a doña Flor y por fin se puso su ropa, un poco húmeda y aún medio manchada de lodo, pero mucho mejor de como estaba. Todavía no tenía dónde dormir y no había comido en todo el día. Las buenas personas de Flor y Benito le tostaron unos tacos de frijoles y le sirvieron agua de ciruela, luego le tendieron unas cobijas en el piso, y antes de decirse buenas noches, Joaquín ya estaba dormido, muerto de cansancio.

Un gallo lo despertó en la mañana, se levantó lleno de ilusión y energía. Le ofrecieron café, pero no quiso, ya le andaba por irse a la casa hogar a buscar a Ofelia. Doña Flor lo detuvo muy a fuerza y le aventó una bendición completa para que le fuera bien en su camino. Joaquín la tomó de ambas manos, se las besó, le puso un buen billete en sus palmas y se las cerró, dio las gracias a don Benito y salió volando.

Llegó directo a la casa hogar y tocó sin titubear. Preguntó por Ofelia, por la maestra Ofelia Ocampo Medina, para que no hubiera errores, pero le dijeron que ella ya había salido ayer a Poncitlán. Para asegurarse incluso la describió físicamente, y le corroboraron que efectivamente estaban hablando de la misma persona, luego le preguntaron:

—Oiga, pos ¿qué trai en la maleta que apesta tan feo?

—Traía charales, pero ya los tiré.

Joaquin subió a pie cargando su maleta y su cámara desde el precioso acantilado, en la laguna donde se encuentra la casa hogar hacia el camino que lleva a Poncitlán, ese que pasa por los ciruelos y el camposanto y que luego sube a los pinares y luego baja en línea recta hasta Poncitlán.

Pasando el camposanto se encontró con el burro Chon y su dueño el campesino, quien le ofreció llevarlo nomás por un jalisco, pero Joaquín ideó: "Más vale solo que engañado, seguro ya tiene plan para hacerme otra transa". Su integridad no le permitía juntarse con personas ventajosas.

Llegó cansado por la empinada subida apenas hasta los pinares y ahí se encontró una carreta de la piconería Rentería. Remigio le estaba acomodando algo al carromato y le preguntó:

—¿P'onde va cargando tanta cosa a pie, don?

—Buenos días, don, voy a Poncitlán. ¿Usted también va para allá?

—Sí, don, súbase a la carreta. —Pasado un rato, Remigio le preguntó a Joaquín—: Don, ¿que será muy importante ir cargando esa maleta apestosa?

—Hmmm… Pues… Ya que lo pienso, la verdad no.

—¿Y si la tiramos ahí en el camino? Capaz que llega algún necesitado que sí la quiera. ¿Quihubo?, ¿cómo ve? —Joaquín aventó la apestosa maleta, que salió volando. Remigio agregó—: Ire, ¿ya ve?, ¿qué difieriencia?

—A Joaquín le dio mucha risa y respondió:

—Completamente de acuerdo.

Joaquín y Remigio se fueron platicando rete a gusto de la piconería, del periódico *Nuestro Tiempo*, de la búsqueda de Ofelia. Compartieron sus historias y consejos y se hicieron bien amigos.

—Oye, Remigio, ¿y dónde queda tu piconería?

—Ira, queda casi enfrente de la estación del tren. Lo que es más, este mesmo camino se convierte en la calle Donato Guerra, que te lleva derechito al puente. Antes del puente damos vuelta a la izquierda y pasamos por la estación del tren y delantito ahí'tá la panadería.

—¿Tan directo?

—Así mero, no tiene jierre. Ira y lo qu'es más, yo creo cuando lleguemos al puente todavía alcanzamos a ver un chiquillo que vende nuestros picones en una mesita. Se llama Sergio Martín de la Cruz y yo lo enseñé a hacerlos. Todo lo que él vende es para la casa hogar, así quedamos él y yo.

Los dos amigos llegaron sin mayor problema hasta el mencionado puente donde darían vuelta para ver la estación del tren.

A Remigio se le hizo simpático ver a Sergio vendiéndoles picones a tres hermanas de la caridad y le gritó desde la carreta en movimiento:

—¡Íralo, Sergio! ¿¡Ya vendites todo!?

—¡Pos ya casi, Remigio! ¡Nomás que se animen las tres hermanas!, ¿edá! —Le respondió el niño con una sonrisa gigante.

—¡Ta güeno!, ¡acá te miro en la piconería!

♫ *Titanic - Piano Version, Pulo Ramiro*

Joaquín iba entumido de la pierna izquierda por sentarse de ladito, ya ves que venía rozado y golpeado de las nachas, pero cuál fue su sorpresa al pasar por la diminuta estación: reconoció a su Ofelia subiéndose al tren para Guadalajara.

—¡Remigio, horita te veo, ahi te encargo la cámara!

Y Joaquín pegó un brinco de la carreta, pero su entumida pierna no lo dejaba correr para alcanzar a Ofelia. El tren cerró sus puertas y arrancó. Joaquín se fue corriendo y cojeando con sus ropas sucias por las vías gritando como loco:

—¡Ofeliaaaa! ¡Ofeliaaaa! ¡Ofeliaaaa! —sus gritos se ahogaban sin esperanza en el viento.

El tren empezó a separarse en distancia de Joaquín como queriendo decirle: "Lo siento, hoy no será tu día". A Ofelia le pareció escuchar su nombre y salió al balcón del cabús a ver qué sucedía, pero el ruido del tren no la dejaba escuchar los gritos cada vez más lejanos de Joaquín, solo veía a un hombre de ropa sucia, extraño y renco mal corriendo por las vías y pensó: "Me parece familiar. ¿Dónde lo habré visto antes? Cómo me gustaría que alguien me quisiera así, que corriera desesperado por mi, que lo diera todo. Estoy segura de que yo lo querría también".

Joaquín siguió buscando a Ofelia.

N.A.:

La fotografía extemporánea al inicio de este relato fué la inspiración para el mismo.

30

✦ ✡ ☙ ☾

Juguetería 57

♫ *Carry On Up The Vicarage, Steve Hacket*

—¡Te dijeron que no tocaras los juguetes, niño! —Ah, qué grito y jalón de brazo me dio mi mamá. ¡Casi me lo arranca!—. ¡Mira nada más, hora de qué te embarraste!

Ese payasito de papel maché seguro estaba recién pintado, me dejó la mano roja pero roja chillante, y, por más que mi mamá le tallaba con un pañuelo, nomás no se me quitaba.

Al menos pude entrar a la tienda de juguetes de decoración que tanto quería. Solo mi hermana mayor había podido entrar y me contaba que era una tienda de sueño preciosa, ¡y vaya que sí lo era! Todos los muñecos parecían que tenían vida, hasta sentía que me miraban y de uno que otro hasta sentía que me guiñaba el ojo. El piso era de madera y rechinaba al caminar. Las ventanas de vidritos cuadraditos con cortinillas francesitas y repisas de peluche rosa pálido. Sí, muy cursi, pero no le faltaba detalle a la tiendita esa. Hasta la perilla de la puerta era única, en forma de lagartija sonriente.

El gran número 57 pintado en oro en la fachada acompañaba después a las palabras "La Juguetería" y en letras chicas "De Atilana y Eustaquio"; qué curioso nombre le pusieron solo por estar en ese número de la calle Los Misterios de la colonia El Olvido.

Eran muy estrictos y había que pedir cita a una hora aproximada para que no se llenara la tienda de gente y tener el mayor cuidado con la delicada mercancía.

Como mi papá había salido a Teocuitatlán con mi tío, mi mamá aprovechó para hacer cita precisamente a las cinco con siete minutos de la tarde. La visita fue entretenida y ya se habían hecho casi las seis cuando estaba yo mirando los carritos, los trenes, los caballitos, las casitas, ufff…, de plano me fui con la imaginación a no sé dónde… En eso me dice mi mamá:

—Juan, mijo, ya acabamos aquí, apenas llegamos al tren para regresarnos a Iztatán. —Salimos con un par de bolsitas de papel que mi mamá llevaba con mucho cuidado.

Cuando eres pequeño sabes que si escuchas los tacones de tu mamá quiere decir que sigues caminando, y cuando ya no los oyes, tal vez ya es hora de jugar de nuevo. Los tacones de mamá dejaron de sonar al llegar a nuestros asientos en el tren y pensé: "Híjoles, apenas llegamos al tren…, falta mucho para llegar a Iztatán", y antes de pensar otra cosa, caí dormido.

Desperté en mi casa, en mi cama, mi mamá me debió haber cargado, porque yo no recordaba nada. Era la hora de la merienda, fui a la cocina, había conchas de pan, leche, birote un poco duro y frijoles. Mientras cenaba miraba cómo la pintura roja de mi mano se empezaba a hacer café.

—Mira, mamá, cambia de color. —Le enseñé mi mano.

—Seguro agarraste algo y te ensuciaste, luego se te quitará.

—¿Me prestas el trapito que ensuciaste?

—Sí, ten. Mira qué chistoso, también se hizo como cafecito. Bueno..., termina de cenar, lávate los dientes, te bañas y tallas bien las manos, y te vas a dormir.

Muy obediente hice todo y al acostarme vi cómo la mano que se había manchado de rojo se ponía completamente café, pero era un café idéntico al cartón, ¡y luego dos dedos de la otra mano se me pusieron cafés también! ¿Pero por qué? ¡Esos no me los había manchado! ¡Ahora eran siete dedos! ¡Sí! Primero cinco, luego dos más, o sea, siete. ¿Será el 57 de la juguetería?

No pasaron ni cinco ni dos segundos más cuando todo mi cuerpo se hizo de cartón, sonaba crac, crac, al mover mi cabeza. El brazo que me había jalado mi mamá en la juguetería lo traía flojo, como a punto de caerse. Lo primero que pensé fue en ir con mi mamá, pero en ese momento entró mi hermana y me quedé inmóvil, ella me vio tieso en la cama y se puso a jugar moviendo mis brazos, ¡tal como si yo fuera un juguete!

¡Emi! ¡Emilita! Quise gritarle, pero mi boca no se movía, ni mis ojos ni nada... Emilia se puso a inventar historias jugando conmigo un ratito y luego se fue a dormir y me quedé solo, a oscuras, tirado... en el suelo...

Para la media noche pude moverme. Todo era silencio y me fui directo a la habitación de mis papás; entré, pero antes de hablarle vi como de las bolsitas que había comprado mi mamá en la juguetería, salían tres muñecas que me hacían la seña de guardar silencio. Brincaron de la cómoda al piso y me tomaron de las manos, salimos al portalito y me empezaron a hablar en voz baja, me dieron sus nombres, pero no los recuerdo... Me dijeron que ellas eran hermanas y que habían sido niñas y que habían pedido ser muñecas por siempre y que se les había concedido. Luego me dijeron que querían volver a la tienda porque solo ahí las cuidarían muy bien y solo ahí tenían amigos con quienes jugar.

—¿Pero cómo quieren que las lleve si yo mismo me he convertido en un muñeco?

—Mira, Juanito, aquí tenemos pintura azul que te hará niño otra vez antes de que salga el sol, pero tienes que prometer llevarnos, porque si no mañana por la noche te harás un juguete de nuevo y esta vez para siempre.

—¡Claro que lo prometo! Yo las llevaré.

—Extiende tu mano para pintarla de azul. Listo, vamos a nuestros lugares para que no nos descubran. —Las niñas, que diga, las muñecas se fueron a meter en sus bolsas y yo me fui a mi cama hecho un niño monstruo de cartón empijamado, ruidoso y espantoso.

Pasé la noche más incómoda de mi vida, como si hubiera dormido sobre piedras, pero desperté siendo yo de nuevo. ¡Ufff! ¡Qué alivio! Pegué un brinco directo al cuarto de mis papás para tomar las bolsas de las muñecas en secreto…, pero mi mamá me sorprendió y con un grito me mandó a mi cuarto a vestirme para irme a la escuela.

Ya en uniforme y con la mochila abierta repetí la operación rescate, pero otro grito directo me desvió del camino.

—¡Juanito, vente a desayunar!

—Sí, mamá.

Desayuné con prisa y le dije a mi mamá:

—Voy a lavarme los dientes.

—Qué bueno que hoy despertaste con hambre, te acabaste todo.

Levanté la mochila, pero me dijo:

—¿Para qué te llevas la mochila?

—Es que se me olvidó una libreta.

—Pues mejor trae la libreta para acá, ¿no crees?

—Ah, posí. —Y me traje una libreta.

Salí sigiloso del baño para intentar de nuevo la operación, pero… otra vez el grito: —¡Vente, Juanito, ya vámonos a la escuela! —Ni modo…, como siempre, nos llevó mi mamá a pie a la escuela de la casa hogar.

Toda la mañana estuve pensando en la nueva estrategia para llevar las muñecas a su tienda en Guadalajara. ¡Dios mío, qué reto tengo y cómo hacerlo sin que se entere mi mamá!

Antes de que tocaran la campana de las dos, ya tenía yo mi mochila cerrada y lista para salir disparado. "Tlan, tlan, tlan, tlan, tlan, tlan", sonó la campana, ¡y que me arranco volando! Mi mamá ya estaba en la entrada, pero le dije que me urgía ir al baño y me seguí corriendo a casa yo solo. ¡Por fin, algo funcionaba!

Llegué a casa, pero las muñecas no estaban ya en sus bolsas… Al final, las encontré en una repisa en la habitación de mi hermana. Antes de agarrarlas les dije:

—Hola, niñas, ¿están listas? —Una por una sin hablar me guiñó un ojo. Las llevé a mi cuarto, saqué lo suficiente de mi mochila y las metí a las tres, tendrían buen espacio e irían seguras. Luego me dirigí a la cocina, me subí en un banco y saqué diez jaliscos del jarro donde mamá guardaba algo de dinero y volando me lancé al tren antes de que mi mamá y mi hermana vinieran bajando por la calle.

No caminé ni tres pasos fuera de casa cuando el grito me alcanzó…:

—Juanito, ¿a dónde vas?

—Voy con Pedrito a hacer una tarea, al rato regreso.

"¡Ufff…!, pero ¡qué maravilla de ocurrencia!", pensé, y en eso el grito de nuevo:

—¡Pero Pedrito vive para el otro lado!

—Sí, pero nos veremos en casa de Andrés.

"¡Ufff!, hora sí creo que ya se hizo", y seguí corriendo…

Pagué mi boleto, me subí al tren, llegué a Guadalajara, corrí a la juguetería y toqué la puerta, pero nadie abría porque había llegado sin cita… Entonces pensé: "Creo que traigo una libreta y un lápiz aún en la mochila", pero solo traía la libreta… "Hmmm, ¿cómo le haré?". En eso pensé: "¡Las niñas!". Les pedí su frasco y pincel de pintura azul con la que escribí una nota que decía:

Soy Juanito y quiero una cita para entrar a la juguetería en cinco minutos y siete segundos aproximadamente.

Y la deslicé por debajo de la puerta y esperé… más o menos cinco minutos y siete segundos, abrió la puerta la viejecita que atiende y me hizo la seña para entrar:

—Pasa, Juanito, siéntate en esa silla y dime a qué has venido.

—Pues, mire, señora Atilana… —Y le platiqué toda la historia, pero sin los gritos.

—Comprendo, Juanito, déjame aquí a las tres niñas, que diga, las muñecas. Ahora necesito que le pintes una carita feliz al papel donde escribiste tu nota. También ponle brazos y piernas por favor.

—¿Pero eso para qué?

—Es que la pintura que has usado tiene agua del río Lerma y es una pintura de vida y a la media noche mi esposo Eustaquio y yo quisiéramos ver ese papel con vida, pero con una carita alegre, y también quisiéramos que se pudiera mover. ¿Te parece bien?

—¡Ah, ya! Comprendo, claro que sí.

—Muy bien. Te quedó muy bonito. Ahora necesito que le lleves a tu hermanita estos dulces, porque se quedará sin muñecas para jugar. ¿Te parece bien?

—¡Ah, sí, claro! ¡Muy bien pensado!

—Bueno, ahora, llévate este dinero, que es el pasaje de ida y vuelta en tren a Iztatán, para que a tu mamá no le falte dinero.

—Señora Atilana, usted es la viejecita más linda del mundo, ¡muchas gracias!

—Ja, ja, ja, anda, vete ya.

—Sí, adiós. ¡Adiós, niñas! ¡Adiós, papelito viviente! —Salí volando al tren, me subí justo a tiempo, regresé a Iztatán y me fui corriendo a la casa donde me recibió el grito:

—¡A ver la tarea, Juanito!

—Se la quedó Pedrito.

—Bueno, mañana saliendo de la escuela me enseñas lo que hicieron.

—Sí, mamá.

—Oye, Juanito, Emilia anda diciendo que anoche vio un muñeco grande y feo de cartón en tu cuarto y que no lo encuentra y que tampoco encuentra sus muñecas que le acabo de comprar… ¿Tú agarraste esas cosas?

—No, mamá, yo ni supe que le habías comprado y en mi cuarto nunca he tenido nunca un muñeco de cartón. Lo que sí es que me encontré estos dulces en el parque de camino de regreso y en la cajita dicen: "Para Emilita". Qué raro, ¿no? ¿Crees que le gusten?

En eso entró Emilia corriendo a la cocina y gritando:

—¡Dulces para mí!, ¡solo para mí! ¡Es lo que siempre había querido!

Y mi mamá sonrió y yo también.

Y colorín colorao,
este cuentito vivo
contigo se ha quedao.

31

✿✿✿ ☾ ☾ ☾

Jorgito y la bruja

Un domingo de los que nos llevaban al río les pregunté a las hermanas:

—¿Tenemos más comida para los pajaritos que tienen hambre? —Rápido me juntaron una bolsita de galletas quebradas con migajas de pan.

Les estuve dando de comer a los pajaritos, los perseguía, les aventaba sus migajas y venían. Más me acercaba y más se iban. Así estuve jugando con ellos un ratito persiguiéndolos hasta que una señora de chal morado con brillositos y campanitas me habló y me dijo:

—Ven, Jorgito, aquí tengo más migajas.

Pensé: "Cómo la viejita sabe mi nombre, seguro que ella también me conoce". Y así me pasé adentro de su casa, que parecía una cueva con un gran caldero al centro y muchos frascos de tamaños y colores distintos.

Cuando cerró, la puerta de madera se hizo de vidrio y yo podía ver para afuera, pero nadie podía ver para dentro. Ahí estuve muy a gusto comiendo tortas de jamón, agua de lima, dulces y chocolates, viendo cómo los demás pasaban y pasaban sin verme por afuera y como que algo gritaban, pero yo no los escuchaba.

Ya que no hubo nadie afuera, la viejita me llevó al río y pude ver a mi hermano, que flotaba con mis papás, los tres lucían transparentes y me dijeron:

—Vas a estar muy bien. —Era la primera vez que podía ver a mis papás, pero a mi hermano ya lo había visto antes montando a caballo por el pueblo, aunque entonces yo no sabía quién era él, ni tampoco él sabía quién era yo.

Después de varios días, extrañé a las hermanas y ya quise irme, pero la señora no me dejó, me dijo que estaba lloviendo:

—Mira, asómate tú —dijo ella, y pude ver por la puerta de vidrio que estaba lloviendo, aunque entre la lluvia veía que algunas hermanas seguían buscando algo.

Todas las noches, antes de dormirme, notaba que la señora tomaba tequila o vino. Era muy amable, a pesar de que a veces decía cosas raras y chistosas frente a su caldero, y yo no la entendía. Le pregunté qué decía y me contestó que eran palabras tercas o turcas y erbeo o berebreo o algo así. Yo creo que le gustaba mucho la noche porque tenía muchas decoraciones de lunas y estrellas de seis picos.

Estuvo lloviendo muchos días y no me dejaba salir, además la pobre señora se sentía muy sola y me hacía muy rico de comer. Varias veces me sentí muy aburrido y me ponía a contar los frascos, aprendí a llegar hasta el cincuenta y siete, porque esos son los que había. También conté las estrellitas, igualmente eran 57, y las lunas también, la misma cantidad. Creo que ella no quería que me fuera, pero yo ya extrañaba mucho la casa hogar, así que un día que la vi bien borracha y dormida por fin me salí a la lluvia.

Cuando abrí la puerta dejó de llover; muy extraño, estaba todo bien seco y más bien parecía que no había llovido.

Corriendo hacia la casa por la orilla del río vi a tres hermanas que venían hacia mi gritando mi nombre. Me abrazaron y lloraron, muchísimo, y me preguntaron dónde andaba y no paraban de hablar. Yo les señalé hacia la casa de la señora, pero nunca la encontraron.

Luego me llevaron con el dotor Sabi, me dijo que yo estaba muy bien y que me veía retechapetiado y regordete.

Ya en la casa hogar, quién sabe por qué estaban tan alegres, hicieron una fiesta con piñatas y nos la pasamos muy contentos. Yo extrañaba a la señora de la cueva, que, aunque era borrachita, la verdad me trataba muy bien. Yo creo que se fue de Iztatán porque nunca la volví a ver.

Me hubiera gustado ir un día a darle las gracias.

32

🐸 🐸 🐸 🐸

El juego de beis

Amistosamente y con altas esperanzas, la hermana Superiora envió una carta invitando al equipo de Las Venaditas de Mazatlán a un juego de beisbol amistoso en el campo de Las Alpaquitas de Iztatán.

Con generosidad estaba asegurado el alojamiento y sustento para todo el equipo en la casa hogar, pues se trataba ni más ni menos que del representativo tricampeón nacional femenil que gozaba de la mayor fama y prestigio en su rama.

Después de tres semanas se recibió la ansiada respuesta, que decía en pocas palabras:

Sí, aceptamos su invitación con mucho gusto.

La hermana Superiora, aún sin creer la buena fortuna, corrió de inmediato a informar al entrenador, don Donato Panderos Mantecón, a todo el equipo y a todos en la casa hogar. Posteriormente, se acomidió a dar parte a las autoridades con el fin de lograr una difusión intermunicipal, así como respaldar un buen llevado a término del magno evento.

Además de la embajadora, nadie de tanta fama había puesto pie jamás en Iztatán.

Se decoraron las calles, se contrató una banda, se colocaron nuevas gradas improvisadas y, en fin, el pueblito se transformó provisionalmente como pudo para dar la más cordial y honrosa bienvenida.

Entre más arreglos había, las pobres Alpaquitas de Iztatán, chiquillas de entre once a catorce años, se ponían más nerviosas, las cuales, si daban cierta altura o anchura, ingresaban en el equipo, como si se fuera más competitivo en un partido de beis si se rebasara cierta cantidad de masa corporal.

Pasaron cuatro semanas y Las Venaditas no llegaban. Por ahí mandaron noticias de que su tren se había retrasado porque se le había aplanado una llanta.

Las Alpaquitas, de tamaños y formas tan disparejas, estaban todas al tope raso de su ansiedad y don Donato también. Y es que todo lo que sabía de beisbol era por lo que leía en el periódico y en viejas revistas amarillentas que atesoraba desde su juventud. Su conocimiento de ese deporte se conformaba con un cuarto de los impresos mencionados y tres cuartos de imaginación entusiasmada.

A esto dicho, la banda contratada estaba cada día más harta de no hacer nada en su espera y queriendo cobrar más precisamente por no hacer nada. Los arreglos de papel picado en la calle se miraban más y más trespeleques, así como el letrero de "BIENVENIDAS, VENADITAS". Las gradas se empolvaban cada día más, como las ganas de todo el pueblo de que ya llegara el equipo invicto, para verlo jugar.

A diario pasaba riendo una viejecita apestosa a alcohol, con su chal morado de lentejuelas y cascabeles. Hasta la tos le agarraba de tanto reír hasta atragantarse la pobre. "Vieja loca", la juzgaba la gente, aunque nadie sabía dónde vivía ni de dónde venía.

Un domingo, pardeando la tarde, cuando ya todos en el pueblo estaban tranquilos en sus casas, la viejecita abrió un corral de vacas y las arreó con gentileza por el seco campo de beis. Claro que se levantó un polvaderal, pero la viejita, risa y risa, tose y tose, aventó unos polvos verdes para revolverse con el terregal que levantaban las vacas.

Alguien se dio cuenta de las vacas sueltas y salieron varios para arrearlas de regreso a su corral. El alboroto resultó en favor de distraer la atención para que nadie viera a la vieja borracha.

Unos ocho o nueve días más tardaron en llegar Las Venaditas, no recuerdo bien, pero llegaron molidas del pesado viaje. La banda tocó desgranada y peor que nunca. Los aplausos, desconcertantemente, también sonaron como disparejos y aguados al momento de que Las Venaditas bajaron del tren. A ellas no les importó mucho, lo que querían era descansar.

La hermana Superiora estaba muy avergonzada de la desastrosa bienvenida, para sus pulgas.

Las Venaditas y su comitiva llegaron tan cansadas que no tuvieron cabeza para darse cuenta del desastrito ni del campo lleno de polvo y zurradas de vaca.

Su hospedaje fue llevado con toda propiedad, sin embargo, el estado de cansancio general era tanto que su entrenadora, Eva I. Biene, pidió atentamente a la hermana Superiora extender unos días más su estadía, retrasando el partido, a cambio ofrecía clínicas de beisbol y algunas prácticas gratuitas. Todas las peticiones y ofrecimientos fueron aceptados con agrado.

♫ *Transformation, The Cinematic Orchestra*

En los días subsecuentes las vacas misteriosamente se seguían saliendo del corral, empolvando el campo y las gradas a su paso. Alguien comentó haber visto a la viejita loca varios días, tose y tose, risa y risa, pero nadie le dio la menor atención.

Llegó por fin el gran día del partido. La gradería empolvada tenía lleno total, incluso había mucha gente de pie. El vocero anunció la entrada del equipo visitante dando la más cordial bienvenida. Luego entraron Las Alpaquitas. A ambos se les dio un fuerte aplauso. Al prepararse para el primer picheo, pasó por atrás de segunda base la viejita borracha, con su chal morado de lentejuelas y cascabeles, risa y risa, tose y tose, alejándose y arrojando polvos verdes que sacaba de su bolso negro.

Todos, público y jugadores, guardaron silencio y se quedaron quietos al verla.

El ampayer interrumpió el silencio con el grito de "¡Pleiiiboool!", que daba inicio al juego. La picher lanzó con fuerza. Al ir la bola en el aire en el primer lanzamiento, la viejita gritó: "¡Que suceda!", agitando las manos hacia arriba, y en un instante, absolutamente todos en el campo se convirtieron en sapos que croaban y brincaban para todos lados. Al menos por media hora la escena fue la misma, no se podría distinguir entre la hermana Superiora, el munícipe, don Donato, Adelfina, Eva I. Biene o quien fuera. Todos eran sapos por igual que brincaban y croaban sin cesar.

La viejecita fachosa, una vez enfadada del alboroto de los sapos y habiendo reído hasta el dolor abdominal, agitó sus manos por el aire gritando: "¡Vuelvan a ser!", y al mismo tiempo todos regresaron a ser quienes eran con sus mismas ropas, pero en distintos lugares.

Nadie se sorprendió, todos estaban felices de haber presenciado un gran partido. Las Alpaquitas y todo Iztatán, gozosos por haberle ganado al equipo campeón. Las Venaditas, contentas de haber superado al equipo local.

Ningún equipo restregó su victoria al otro. Las Venaditas, por estar agradecidas de la generosa hospitalidad. Las Alpaquitas, por la honra de recibir al equipo campeón. Cada equipo, complacido y seguro de su victoria. Grandes lazos de amistad se forjaron y el gran juego nunca fue olvidado.

Y, colorín colorado, este cuento se hizo sapo y ya brincó.

Croac

(que significa 'fin' en idioma sapo).

33

✿ ❧

José Ramón Adelfino, Márgara y Efrén Mirales

José Ramón Adelfino nació mexicano en Zacatecas, sin fecha conocida. Fue hijo único y a los cinco años más o menos quedó huérfano por los estragos de la Revolución. Tres hermanas de la caridad se lo encontraron comiendo huamúchiles a unos pasos del río Lerma, cerca de Iztatán. Con el pendiente de que no se ahogara el niño, le preguntaron dónde estaban sus papás, pero con mucha pena el chiquillo poco a poco reveló que no tenía ni hogar ni familia ni parientes, de manera que se lo llevaron ofreciéndole casa nueva.

Llegaron a Iztatán a una de las tantas casas que fundó doña Adelfina, la Embajadora. Ahí lo criaron con muchos cuidados porque Adelfina María Cecilia de la Puente y Zarapesa vio mucha necesidad.

Dijo un día la distinguida dama:

—Aquí les hace mucha falta un buen hogar y buenos cuidados a estos niños. Van a ver cómo en un buen lugar no solo mejora su salud y su educación, sino también, y lo más importante, el amor que podrán dar a la sociedad, porque así pequeños son un barril sin fondo para recibir todo el cariño que se les pueda dar. Eso hace buenos hombres y buenas mujeres y fortalece nuestra sociedad.

Adelfina vio tanta necesidad en Iztatán que le pidió a su esposo, el Lic. don Héctor Labrea de Gromiche y Lagartúa, embajador de Navarra en Guadalajara, capital de nuestra nación Jalisco, que se mudaran a estas tierras. Don Héctor, que le tenía el más grande amor y que en todo la apoyaba, le dijo:

—Adelfina de mi vida, he estado pensando mucho en tu petición de mudarnos a Iztatán. Primero que nada, quiero que sepas que te comprendo en tu fuerte deseo de dar en donde más lo necesitan y te quiero pedir con todo mi amor y de la manera más dulce y con estas flores blancas que te gustan que me hagas el enorme favor de apenas considerar el que pongamos en Iztatán una casa nuestra de descanso, donde tú podrás estar todo el tiempo que quieras y donde yo te acompañaré en cuanto termine mis obligaciones para la nación.

Contestó Adelfina:

—Héctor, estoy muy conmovida, muy de acuerdo y muy contenta, y si te parece bien yo también te acompañaré en Guadalajara en cuanto me sea posible salir de Iztatán con tal de estar a tu lado.

Y las obras de la casa empezaron.

Apenas tenía José Ramón unos cinco años o seis cuando llegó a la casa de huérfanos de La Embajadora. Lo metieron a bañar, le dieron ropa nueva de su talla, le dijeron dónde y cuál era su cama y dónde se comía, y comió muy bien.

Luego de unos meses que vieron que el niño estaba un poco más hecho al lugar y que jugaba con los otros chicos, le llamaron a la dirección, donde le preguntaron aún más cosas para indagar si de hecho estaba completamente desamparado. El pobre lo estaba, tan pero tan desamparado que no tenía ni apellidos, así que le ofrecieron la buena noticia de que él podía escogerlos; decidió llamarse de pila "José" y de apellido "Ramón", para que así sonara igual que como le pusieron sus papás, y de segundo apellido escogió "Adelfino", con sus propias palabras diciendo:

—Quero aperllidarmen como la seño que nos visita pa jugar, pero como si juera mi apellido mío. Quiero que sea Adelfino. ¿Sí se puede?

Bueno, cuando la embajadora se enteró, fue como si le entrara un fuerte rayo de luz muy dentro de su corazón. Por más que se quería contener la prudente señora, se notaba tan feliz como si hubiera nacido su primer hijo. Al pasar el tiempo se esforzaba mucho en no tratar a José Ramón distinto a los demás, aunque no podía mucho porque, por ejemplo, José Ramón Adelfino fue de los primeros niños mexicanos de la casa de huérfanos en nacionalizarse jalisciense gracias a la intervención e influencias de la embajadora.

Así creció José Ramón, muy educado en sus maneras, modos correctos y corteses, Ciencias, Historia, Matemáticas, pero sobre todo en prudencia, consideración y amor por los demás, que fueron virtudes implantadas por la embajadora misma en el pequeño muchacho.

Iztatán también se arraigó en el muchacho, quien desde los once años empezó a trabajar en los maizales. Aprendió a copiar la cobardía de los hombres de Iztatán y también aprendió a cultivar. Ahorró y a los diecisiete se compró unas tierritas allá lejos del pueblo pero cerca del río, para poder regar. Antes de la primera cosecha donó las tierras a la casa de huérfanos, pronto compró más.

Poco a poco fue creciendo José Ramón hasta convertirse en hombre de bien en el pueblo y fue a pedirle permiso a don Miguel Mirales y doña Ernesta para cortejar con respeto a su hija la Srita. Márgara. Efrén, hermano de Márgara, fue el primero en dar el sí levantándose emocionado para abrazarlo fuertemente mientras decía:

—¡Cuñado! ¡Qué cuñado ni qué nada! ¡Hermano!

Todos en Iztatán sabían que Efrén le tenía mucha estima a José Ramón. Lo veía como un ejemplo a seguir.

Unos meses después fallecieron don Miguel y doña Ernesta, ahogados en el río, al parecer se fueron de día de campo y se les pasaron las copas al remojarse en las márgenes del Lerma.

Pasó un poco más el tiempo para ajustar un año de noviazgo entre José Ramón y Márgara. El muchacho, bien enamorado y emocionado, se levantó de golpe de su cama, se bañó y se perfumó y se puso un traje nuevo y sus zapatos bien boleados. Apenas eran las seis y media, pero él había quedado de visitar a su Márgara a las diez.

♫ *Adagio in G Minor, Tomaso Albinoni, Chamber Orchestra of Miemo*

Como tarugo daba vueltas y no hallaba qué hacer hasta que se hartó y a las nueve salió con paso firme con una cajita en el bolsillo.

Efrén, el hermano de Márgara, ya estaba enterado de la cita desde hacía quince días.

"Todo saldrá bien. Todo saldrá bien —se repetía José Ramón mientras pensaba—, mi cuñado Efrén, que es a todo dar conmigo, quedó en dejarme la puerta abierta. Me meteré en el ropero de la entrada y cuando Efrén salga de la habitación de Márgara le daré el anillo a ella. Todo saldrá bien. Todo saldrá bien".

Dicho y hecho, José Ramón entró a la casa de la familia de su amada en silencio, se ocultó en el ropero como habían quedado, pero dejó una rendijita abierta para asomarse. Los minutos se hacían largos por su culpa.

Había llegado muy temprano. Pudo ver a Márgara arreglándose en su habitación. "Qué linda con su cabello chino y rojo, así se me pasa más rápido el tiempo", pensaba.

En eso vio que entró Efrén a hablar con Márgara y, de tan linda ella que es, levantó la cajita de los dulces para ofrecerle a su hermano.

Al principio fueron solo palabras, pero luego los dos manoteaban y por allá más lejos se veía Yolanda que se asomaba bien metiche por la ventana.

"Seguro es pleito entre hermanos, ya no debe tardar en salir Efrén y seguro querrá que yo consuele a Márgara y en eso le daré el anillo", pensó.

La discusión subió de tono, ya eran gritos fuertes. Efrén le agarraba y le volteaba las manos a Márgara palmas arriba. Luego se las aventaba y se las señalaba. Los dos gritaban al mismo tiempo y la metiche de Yolanda se asomaba desde los lavaderos sin que nadie se diera cuenta.

Justo pensaba José Ramón: "Esto ya tiene que parar" cuando vio nuevamente a la Yolanda asomándose y al mismo tiempo sonó ¡pum! y se vio clarito cuando Efrén le disparó a Márgara. ¡A su propia hermana! De inmediato pensó José Ramón: "Seguro Efrén aquí nos quería a los dos. ¡Él ya lo sabía! ¡Vámonos, vámonos de aquí!".

José Ramón salió corriendo por la calle y la gente lo miraba.

¡Pum! ¡Pum! ¡Pum!, otros tres disparos se oyeron. José pensó: "Hora sí la remató... Mi Márgara…, mi Márgara… Efrén…, ¿pero qué hiciste? Ella era tu hermana…".

34

El munícipe

Un domingo, cabalgando por el límite del municipio de Iztatán, iban el presidente municipal, Lic. Alfredo Italocias Murancingo, a quien llamaban "el munícipe" o "el licenciado", con su primo hermano doble Tolancio Italocias Murancingo, ambos hijos únicos de dos hermanos casados con dos hermanas. Venían bajando de sus nuevos terrenos en la lomita por el camino que da al barranquito y miraban lo bonita que se veía la finca del embajador. Se miraba ya asentada de unos años, muy elegante, tipo italiana, con algunos remates y tejas llenas de lama y su portón de madera bien asoleado pero bonito. Tenía un letrero de forja muy elegante afuera que decía "Villa La Navarra", un nombre que se le ocurrió a don Héctor, el embajador, a falta de que la brecha no tuviera ni nombre y menos numeración para recibir correspondencia.

Nomás se oían los cascos de sus caballos al andar. Una gentil brisa le trajo al licenciado una muy buena idea: compraría los lotes aledaños previendo su plusvalía. Eran 5.7 hectáreas, excelentes para fraccionar. Quién no iba a querer vivir al lado del embajador cuando Iztatán era un pueblo tan pobre. Además, el lote de la izquierda daba al barranquito del río y luego a las vías del tren. Fácil estaba poner un puentecito y otra estación con construcciones comerciales. Ah, qué buen negocio se le andaba cuajando.

"Y con otra, por un lado, de la Villa La Navarra, le abriremos una calle arbolada que se va a ver muy bien con la fachada", ideaba lo bonito que se observaría y tanteaba cuánto dinero le sacaría.

Al poco tiempo les llegó una carta del ayuntamiento a los dueños de los mencionados lotes de maizal, diciéndoles que había subido el predial, y mucho, y que además ya estaban corriendo intereses y multa por mora. Los propietarios se alarmaron:

—¡Pero cómo es posible si en esos predios no hay ni caminos bien hechos ni agua y menos luz! ¡Aparte, en lluvias la mitad de la milpa se deslava de tanta agua que baja de la lomita! —comentaban entre sí los dos propietarios de las parcelas que para pronto se juntaron para ir a hablar con presidente municipal.

Les dijo el presidente:

—¿Y qué quieren que haga? A mí me llegan las órdenes del estado y no tengo más que cumplir. Paguen pronto para que no haiga recargos, si me hacen el favor.

Le contestaron:

—Pero, licenciado, no vemos sentido, ahí siempre han habido milpas y el maiz no da pa más. Las tierras dan poco y valen poco pa pagar ese predial.

—Iren, pa que vean que los quiero ayudar, piensen que les conviene y si de plano no quieren su maizal así lo venden con todo y milpa, y a quien lo compre le cobramos el predial. ¿Quihubo?, ¿les parece?

Y así de facilito el licenciado les consiguió quién les comprara baratito su maizal, porque no tenían con qué pagar impuestos y recargos.

Mira tú qué casualidad, era su primo hermano Tolancio el que firmaba con poderes, así las tierras quedaron a nombre de una sociedad.

Pasaron nomás dos días de aquello y las hermanas Tina, Toña y Tania habían salido muy temprano a comprar picones a Poncitlán. Uno chico de pasas y dos grandes, uno natural y otro de nuez eran para Adelfina, que vendría de pasada a la casa hogar. Su agenda había sido avisada, saldría luego y brevemente al ayuntamiento y de ahí se iría a la hacienda de La Florida, en Atequiza, donde habría convivio para recibir a don Porfirio y su señora doña Carmen, de quienes eran muy amigos la señora Adelfina y su esposo el embajador.

Los dos guardias personales de la embajadora estaban muy firmes de pie, uno a cada lado de la puerta por dentro del despacho del presidente municipal. El más alto y flaco de ellos, Rodolfo Campamocho Angostura, muy curioso, traía cargando la bolsa con los tres picones que le habían traído a Adelfina en la casa hogar. Campa le decían. Prieto, prieto, tenía nariz aguileña y pómulos saltados. Una rajada que le pasaba por el ojo desde de la frente hasta el cachete le daba un aspecto nada amigable. Era excelente tirador, muy bueno con el machete y el más leal guardia que jamás tuvo Adelfina a su servicio.

Adelfina, muy digna como siempre, en completa compostura y serenidad estaba sentada de frente al licenciado, que se recargaba en su ancho escritorio de madera para darle bienvenida con el modo más cordial. Grandes banderas de Jalisco e Iztatán custodiaban ambos lados del escritorio dándole relevante ceremoniosidad al despacho. Dijo la embajadora muy elegante, de encaje azul cielo:

—Muchas gracias, licenciado, por haberme recibido y sin aviso de antelación. Ando de prisa, ya voy para Atequiza, hay convivio en La Florida y quiero llegar puntual. Antes que nada, muchas gracias por permitirme poner en una de sus oficinas al actuario que lleva las cuentas de los orfanatos y demás instituciones y actividades de beneficencia. Usted sabe que los movimientos de los donativos deben ser totalmente transparentes para asegurar el apoyo de nuestros bienhechores. No sería correcto que el mismo actuario estuviera dentro de alguna institución donde se le pudiera sorprender dando alguna preferencia.

—No faltaba más, doña Adelfina, cuente siempre con todo nuestro apoyo incondicional.

—Pues le agradezco mucho que lo reitere porque, mire, nos llegó ayer a la Embajada la noticia confirmada de que cierta sociedad adquirió sin plusvalía los terrenos aledaños a nuestra casa de descanso. Bueno, pues resulta que el adquiriente no ha pagado los derechos de registro ni los impuestos de escrituración ni el predial ni los recargos.

—Ah, qué caray..., no me diga. Y eso, ¿le afectaría en algo a su casa de descanso? —inquirió el munícipe haciéndose el inocente, pero con la cara roja.

—Pues sí le digo y de una vez. El terreno de la izquierda que da al barranquito se lo va a tener que donar usted al ayuntamiento, y ahí le va por qué. —Despacio y mudo se puso de pie el licenciado. El Campa se mostró tenso y el otro guardia chaparrito lo miraba para saber qué hacer. Continuó Adelfina—: Mi señor esposo el embajador y su servidora venimos aquí a ayudar a este pueblo tan necesitado, no a que terceros saquen provechos y que luego lo señalen a usted junto con la embajada que representamos mi marido y yo. Además, ¿qué van a pensar de usted y de nosotros si el actuario que recibe el dinero y reparte también trabaja aquí en esta oficina? Mire, licenciado Alfredo, no tarda en saberse de quién es la sociedad con la que su primo Tolancio compró los terrenos y, para acabar pronto, le informo que ya dejé en mi testamento que me van a enterrar ahí, en ese lote que usted va a donar al municipio para parque público y actividades de esparcimiento familiar. Ahora bien, si usted quiere, quédese con el lote de la derecha, nomás me hace favor de que el ayuntamiento va a aportar el predial que les subió a los dos lotes cada año para mantenimiento del parque.

—Ah, qué caray, doña Adelfina. ¡Pero cómo va a ser posible! —dijo arrebatado el licenciado y los guardias dieron un paso adelante. Adelfina los detuvo levantando la mano y diciendo:

—¡Campa, Diego! ¡Quietos! —les dijo la dama a los guardias y continuó—: Pues va a ser posible, así como usted ahorita le va a ir firmando, aquí traigo ya listos todos los papeles y, por favor, apúrele porque ya me voy a La Florida a comer con doña Carmen y don Porfirio, o usted dirá, ¿quiere que lleve malas noticias? —El munícipe quedó por fin en silencio y Adelfina ordenó al guardia chaparrito—: Diego, que se pase el notario.

Diego abrió la puerta y el Campa nomás hizo la finta como de que se acomedía, pero prefirió quedarse quieto para cuidar que los panes no se agitaran, no fuera a ser que se les cayera la azuquitar.

Pensó el licenciado: "Tan mal me va a hacer quedar esta chaparrita que hasta me tendré que ir del pueblo y se me acabó la política... Aah, que la... Ni modo, no me voy... No me queda más que firmar. Aaah, pero...".

—Bueno, y el exdueño del maizal de la derecha, ¿qué va a decir? —dijo el licenciado en patadas de ahogado.

—Los dos campesinos van a estar bien agradecidos con las parcelas nuevas que le va a donar su sociedad, esas que compró hace poco y al mismo precio barato allá arriba en la lomita.

—¡Óigame, señora, pero esas son mucho más grandes y ya tienen agua y luz!

—Sí, por eso van a estar más agradecidos y usted va a quedar requetebién.

—Doña Adelfina, por favor. Debe haber otra manera —apeló el munícipe con voz dulce y modosita, pero la embajadora le contestó:

—Mire, esto ya fue muy visto y no conviene que se vea más. Ya no hay más que hacer, ya póngase a firmar. Señor notario, por favor, dé fe y me manda las copias certificadas, yo ya me voy, que apenas llego. Muchas gracias. Con su permiso y buen día.

Con una sonrisa y una reverencia muy, pero muy forzadas, el licenciado se despidió:

—Salúdeme al embajador su esposo, al primer ministro y a don Porfirio, por favor.

—De su parte, con gusto y muchas gracias por ayudar a su pueblo, licenciado. Yo creo se les pasó convidarlo, pero seguro para la otra sí lo hacen, yo me encargaré.

Se quedó el munícipe con el gesto trabado y con las tripas hechas nudo firmó todos los papeles, todo tieso y a fuerzas pensando: "¡Maldito actuario! ¡Chismoso!".

Luego el notario puso sus sellos y firmas dando fe, archivó todo y se fue.

Tiempo después volvió don Porfirio a un convivio en La Florida. Esta vez sí convidaron al licenciado, quien no dejaba de hablar de su gratitud y admiración por su amiga doña Adelfina, descanse en paz.

35

☾ 🦋

La lancha 57

Tacho Rodríguez (el Pecherecas, derecha) con su mejor ayudante, Silverio Silva (el Chiri, izquierda), reparaban de urgencia el carburador de la lancha 57, propiedad de Eliodoro Hernández (centro), banquero y gran aficionado de las competencias de velocidad sobre el agua.

La gran carrera estaba por comenzar, pero, al calentar motores, la 57 se apagó y no volvió a encender.

El veloz vehículo acuático había sido traído del Lago di Garda en Italia, en donde Eliodoro tuvo oportunidad de probar el poderoso motor de ocho cilindros de la 57, así como su definido manejo, que dejaba una suave y elegante estela a su paso.

—¡Es un bólido! —decía Eliodoro—. ¡Es única en el mundo y está nuevecita!

Sin lugar a dudas, era una lancha de carreras envidiable y excepcional, y por demás un derroche de belleza ingenieril.

Se rumora que un teporocho lugareño lleno de recelos vertió melaza o alguna bebida azucarada en el tanque de gasolina dejando pegostiosos hasta los pistones, razón por la cual don Elio se vio obligado a retirarse de la carrera anual del Lago de Chapala.

Al culpable nunca lo descubrieron y la 57 fue rematada en el estado en que se encontraba a un aficionado a la pesca de Cuitzeo, Michoacán.

♫ *Caro Diario, Nicola Piovani*

El nuevo dueño tampoco la pudo reparar y, para sacarle algún provecho, la botó en el lago de su pueblo, frente a su casa, dejándola amarrada a un incipiente muelle de madera, de manera que sus chiquillos se pudieran subir a jugar imaginándose que paseaban a gran velocidad: "¡Ññ-ññaaaaaannnn, ññññññaaaaaaaannnn, ññññññaaaannnn!", gritaban los niños simulando un ruidoso motor moviendo intrépidamente el volante, brincando sin reparo, haciendo sus desastres y maltratando los finos interiores esmaltados sin rencor.

Después de dos semanas, a los niños se les pasó la novedad, a la lancha se le notaba el agresivo maltrato y nadie se volvió a subir. Prácticamente, se la acabaron.

El roído mecatito con el que habían amarrado a la 57 a los pocos días se resecó y se rompió quedando la nave a la deriva del viento sin importar a nadie, igual que un perro callejero.

Despreciada por todos, la italiana parecía tener voluntad propia y se le veía vagar sin rumbo a cualquier rincón del lago hacia donde el aire la llevara.

Unos bandidos, piratas de charco, si así se le pudiera llamar a esa gente ociosa, se subieron de noche al bote abandonado y tomaron provecho de los asientos maltratados, arrancaron el volante y cualquier otra cosa cromada o vistosa, aunque fuera poco útil, despojándole por completo de la escasa y nostálgica belleza europea que aún le quedaba.

La 57, una vez admirable joya de ocho cilindros, flamante, importada de Italia, quedó en breve tiempo convertida en un cacharro flotante, nido de patos, gallaretas, culebrillas y garzas, cuyos ácidos desechos empezaron a corroer el piso, provocando pequeñas y constantes filtraciones.

El inservible cascajo tardó meses en hundirse por completo debajo del agua y de los recuerdos. Parecía aún resistirse.

Al llegar la sequía, la 57 volvió a aparecer a medio lago prácticamente enterrada. Tal vez su italiana dignidad la provocó a dejar su proa asomándose un poco por arriba de la arena y enfilada hacia el noreste, a casa.

En la punta, llevaba un engomado blanco que se le empezaba a desprender, debajo del cual había una hermosa banderita tricolor en verde, blanco y rojo, realizada en fina y reluciente porcelana, que nadie pudo jamás apreciar. El cuadro blanco central de la bandera mostraba su orgulloso número, el 57.

Reportaje de Joaquín Dorantes escrito en Chapala para Nuestro Tiempo.

36

+ 🐞

Sara Carmela y José Ramón

Algunos años pasaron desde que se fue Márgara trágicamente. Tres niñas y un niño adoptó José Ramón, de la casa de huérfanos de La Embajadora. Sin casarse, de todos modos tenía buenas influencias y referencias en la casa hogar, así que le dieron permiso de adoptar muy chicos a sus críos.

Las niñas todas se llamaron Margarita: Ernesta Margarita (por su suegra, e. p. d.), Francia Margarita (juraba que Adelfina era de Francia, pero no, era de Puebla), Adelfina Margarita (por supuesto) y su hijo Efrén José (por su cuñado, e. p. d.). Todos, de apellidos Ramón Adelfino.

"Los Ramones", les decían cuando andaban todos juntos, y a las niñas les decían "las Margaritas" o "las Ramoncitas" cuando andaban las tres juntas, y a José Ramón claro que no le gustaba, pero a los iztatenses les hacía mucha gracia.

Como todos los años, el 24 de agosto se arreglaban de blanco las niñas, Efrencito de trajecito y José Ramón en su conjunto de rayas, para ir a cortar flores blancas y llevarlas a pie a la casa de descanso, ahora museo, de la embajadora, en el conmemorativo de su repentina y muy triste despedida.

A todo el pueblo le llamaban la atención las Ramoncitas, eran muy distintas pero las tres muy alegres y llenas de energía.

"¡Mira, ya llegaron!", decía la gente y les llamaban para que jugaran con sus hijos.

La embajadora había dispuesto un fideicomiso para cobrar de entrada a la conmemoración el importe de una flor blanca por persona, para disfrutar de juegos de feria, golosinas y fritangas para todo el pueblo. Otra condición era ser de Iztatán. Quería ella dejar en claro lo mucho que amaba a esa tierra y a su gente.

Ricardito Sanderos era un poco mayor que los chiquillos de José Ramón. Tremendo niño inquieto y sin freno, solo su padre el coronel lo podía poner en paz. Ya había tumbado un puesto y dos viejitas en la feria y lo andaban buscando para darle sus cuerazos cuando se oyó un grito: "¡Aaaaayyyyy! ¡Ricardito se cae de la rueda!". En la parte alta de la rueda de la fortuna el chiquillo tenía la pierna atorada, colgaba de cabeza y no había para dónde mover el aparato sin que se lastimara.

Unos pocos se asustaron. La mayoría ya conocían al chiquillo y la feria siguió como si nada…, casi.

En el puesto de jicaletas y mangonadas, la fila era muy larga y los Ramones mejor se fueron a los sopes, ahí había mesas de esas largas que se comparten. Apenas les sirvieron cuando José Ramón sintió que le tocaban el hombro.

—Señor, ¿me puede pasar los jalapeños, por favor?

"Ah, qué linda voz", pensó José Ramón.

—Sí, con gusto —dijo volteándose a pasar el platito cuando… ¡Pácatelas!, se topa con los ojos más bonitos que hubiera visto. Como mensos se quedaron unos segundos las dos personas agarrando el platito de chiles. En eso Adelfina Margarita dijo:

—Papááá, yaaa. —Y se esfumó el encanto.

Eran tan verdes y lindos esos ojos que José los veía por todos lados. Hasta en los sopes.

—Papá, ¿vamos por las jicaletas?

—Verdes… Que diga, sí, mija, nomás termino mis ojos, que diga, mis sopes.

—Ja, ja, ja; papááá, ¿qué te pasa? —indagaron las Ramoncitas.

"¿Cómo se llamará? ¿Cómo es de aquí si nunca había venido a la feria? Qué bonitos ojos tiene…", pensaba José Ramón.

—Qué lindas sus niñas. ¿El jovencito guapo también es suyo? —le dijo la ojos verdes.

—Gracias. Sí, los cuatro. ¿Sus hijos por ahí andan?

—Ja, ja, uy, no, yo no tengo ni novio.

—Yo soy José Ramón Adelfino, mucho gusto. ¿Usted es?

—Dispénseme, me tengo que ir.

Y la ojos verdes se fue aprisa hacia la rueda de la fortuna dejando sus sopes, un agua de jamaica y los jalapeños sin probar, y a José Ramón bien atarantado y con la boca abierta.

Ya te imaginas al pobre José preguntando por todo Iztatán quién era la ojos verdes y cómo que algunos sí la habían visto, pero nadie sabía de verdad quién era. Lo curioso es que las Ramoncitas también querían saber quién era. Efrencito no, como que él vivía en otro planeta.

Por la noche, llegó un soldado a tocar la puerta de la casa de los Ramones, muy extraño, traía un sobre para José. Era una invitación del coronel Sanderos para tomar unos tragos. Pensó: "¿El coronel? ¿A mí? ¿Pos pa qué me quiere?". Pero el soldado ya se había ido. Luego concluyó: "La cosa es mañana, tengo tiempo para averiguar". Y se fueron los Ramones a dormir.

Al día siguiente, José terminó sus quehaceres, dejó a los niños con la nana y se fue a averiguar de qué asunto se trataba; estaba todo muy raro, pero nadie le dijo nada. Total, llegó la hora, se presentó puntual y al entrar al establecimiento lo empujó el niño Ricardito por detrás, casi lo tumba.

—¡Carlos Ricardo, ponte en paz! —le gritó el coronel al niño y luego le dijo a José—: Buenas tardes, José, ira, qué bueno que vinites. Ven y siéntate, ¿qué quieres de tomar?

—Buenas tardes, coron…

Y en eso el chiquillo lo interrumpe gritando:

—¡Tía Carmela, tía Carmela, ira, ya puedo brincar, ya no me duele el pie! —En eso el chiquillo brinca de una mesa el piso y cae chillando de dolor, cuando se aparece la ojos verdes diciendo:

—Sana, sana, mi chiquito, ya pasó, ya no andes brincando, mijo. —Sobaba la ojos verdes al chiquillo.

José estaba como ido, perdido en el verdor de esos ojos, extraviado en el rosa de pétalos de ceiba de sus labios.

Sara Carmela Sanderos era ni más ni menos que la hermana menor del coronel Carlos Sanderos.

Ella levantó la vista hacia José y nuevamente se quedaron como mensos los dos viéndose.

Dijo el coronel:

—Sara Carmela, si quiera saluda a José. Yo ya cumplí y ya me voy. Levántate, Ricardito, amos pa'l cuartel.

—¿Y las niñas y su guapo? —dijo Carmela.

—En la casa.

—¿Vamos?

—Vamos.

Cuando nació la hija de José y Sara Carmela, José quiso colgarle al menos el nombre de Adelfina. Sara Carmela no lo dejó y le pusieron como ella, Sara Carmela, y sus apellidos, Ramón Sanderos.

Pilón:

—Nomás dime una cosa, Carmela, ¿por qué no te casaste ni tenías novio?

—Mi hermano Carlos una vez me prometió y me dijo: "Mira, Carmela, en mi trabajo voy a conocer a muchos hombres y te prometo que cuando vea uno que valga la pena, te lo voy a presentar con una condición: que no te andes con nadie en lo que lo encuentro y que te portes bien con él". Y ya ves, él siempre cumple su palabra.

La viuda y el coronel

Pensaba el coronel Sanderos:

Ya supe que Exiquio Gómez se murió cuando apenas se subía al caballo, que le dio el soponcio, el tramafat, el cataflam, la chiripiorca o un aire, qué más me da si él todavía estaba vivo, pero yo me daba cuenta cómo su señora

Yolanda Zamora de Gómez me miraba de reojito asííí como no queriendo la cosa. Qué injundia me sigue provocando y hora más de viuda con su vestido negro y sus ojos prietos prietos y su nariz tan larga y fina. Yo creo se pasa taconeando por el frente del cuartel aldrede pa mirarme y decirme sonriendo y haciendo gestos: "Se me le olvidó sabe qué mi coronel. Hora se me olvidó sabe que otra cosa, capitán" casi riéndose con su vestido negro, sus ojos negros, sus ruidosos tacones negros y su nariz que qué bonito se le frunce. Me está volviendo loco. Siento cómo me late más fuerte el corazón cada que pasa, y pasa mucho por aquí, me ingre como en la última batalla que andábanos aprisa colgados del tren y disparábanos y nos disparaban.

La otra vez que pasó la Sra. Yolanda, a un sargento se le ocurrió decirme:

—Ahí le hablan otra vez, mi capitán —y le di un cachazo que nomás de gusto le partí la cabeza y le saqué el mole.

—¡Baboso! ¡Soy su coronel! ¡Y tenga respeto, que la señora apenas es viuda! ¡No sea tarugo! —le dije al menso. Ella se dio cuenta, creo le dio entre pena y gusto.

Ándale, ahí va otra vez Yolanda, son casi las doce, seguro va a misa y no me ha visto... ¿Qué le digo? ¿Qué le digo?

Y en eso que ella me ve y me dice

—Mi coronel Sanderos, buenos días, ¿va a ir misa? Ya casi es hora.

Aah, tan tarugo, cómo no se me ocurrió a mí decir eso..., pos pa luego es tarde.

—Buenos días, señora Gómez, sí, para allá vamos, y si va usted sola yo la acompaño.

—Favor que me hace, pero dígame Yolanda nada más.

—Ta bueno, Yolanda, y dígame: ¿ya terminaron el novenario de don Exiquio?

—No hablemos de esas cosas, mi coronel, mejor cuénteme: ¿tienen planes de quedarse en Iztatán? Parece que la Revolución ya está más tranquila.

Esta va en caballo de hacienda. ¡Así me gusta!

—Pos mira, ejem, Yolanda, yo no sé si nos manden a otro puesto, pero aquí me está gustando mucho. Llevamos algo de tiempo y quiero ya pedir licencia. Así es de que cómo ves.

—Pos como usté mande, mi coronel Sanderos... ¿O le puedo decir... Carlos?

Casi se me sale el corazón, hora sí se siente pior que en aquel tren, ¡agárrensen!

—Tú dime como quieras.

Hubo un silencio incómodo, pero no muy largo y le dije di una vez:

—Yolanda, yo creo ya le damos orden a este cuento que traemos; ira, atrás del templo hay un maizal y luego un campo de olmos que dan al río, donde a veces me voy a ordenar mis piensos y nunca se mira a naiden. ¿Quihubo?, ¿vamos?

Yolanda agachó la cabeza tapándosela con el rebozo, me tomó del brazo, me dio un jaloncito suave y nos fuimos p'al maizal..., y no me dijo nada.

38

Cuarto vacío

♫ *All By Myself, David Schultz*

Aₛí quedó la habitación de Márgara una vez que retiraron su cuerpo, el de su hermano Efrén y todas las evidencias.

Yolanda acomodó unas plantas y flores para darle vida al desolador lugar, pero, aun así, la luz del atardecer acentuaba lo vacía que había quedado la casa sin espíritus que la habitaran y sin ningún dueño ni heredero.

La tarde se fue llevando lo poco que quedaba de vida, como extrayendo algo que era prestado, dejando la cruda verdad de lo que son los objetos, inherte materia sin significado ni razón de existir, iguales al polvo y a cualquier piedra ordinaria, seca y sin ningún valor.

Ni con las flores y plantas que trajo Yolanda se pudo quitar la fúnebre sensación.

A los pocos días las flores se marchitaron, Yolanda entró por última vez a hacer el aseo y dejó sus lágrimas regadas por todos lados, igual que los pétalos caídos y tiesos en el suelo. Se llevó una foto de la familia y una de la niña Márgara en especial…, y nunca volvió.

La casa quedó suspendida en la soledad y en total abandono, ahogando los sonidos de la vida entre sus paredes, como el recuerdo de las risas y gritos de Márgara y Efrén al jugar cuando eran niños, el cantar de las mañanitas en los cumpleaños, las oraciones de Semana Santa y los alborotos de la Navidad.

Al pasar los años, la casa se despedazó lenta como un árbol muerto. Nunca nadie quiso entrar. El tiempo la desmoronó hasta que creció alta la maleza. El ayuntamiento la enajenó por adeudos y nunca se pudo vender.

39

Rodolfo Campamocho y Angostura
La famosa batalla del tren

♫ *Train to Sao Paulo, Philip Glass*

Iba el tren saliendo de Iztapán agarrando vuelo para Iztatán, cada vez más recio. Los vagones de madera traían a las mujeres y chiquillas. Nosotros íbanos colgados de fuera como lomos en carnicería.

Se miraban las caras de todos con ansias. Las manos sudaban de nervios, soltaban el fusil para secárselas en el pantalón. Muchos ya llevaban su rifle apuntando. El coronel Sanderos mandó que unos pocos también apuntáramos p'al río, no fuera que nos salieran del barranquito a destantear. A mí me mandaron al frente con otros dos y uno chaparrito pero fuerte que nos estaría pasando el parque o rifles ya cargados.

Cada vez íbanos más recio, más y más...

Con el ruidajo de la máquina 57, los de adelante no oíamos los gritos, como que algo nos decían y manoteaban. El chaparrito nos gritó:

—¡Que les tiren! ¡Ya nos empezaron a tirar y que le van a dar más recio! —La verdad yo nomás veía cómo empezaban a caer. Nos agachamos hechos bolas y empezamos a jalarle a ciegas, no sabíamos ni a quién ni a dónde tirar.

¡Ya vi a uno! ¡Atrás de la carreta están! Y les dimos. Yo sentí mi tiro bueno y vi cómo le entró a uno que apenas se asomaba y ahí quedó.

Otro escondido, o'lo verás, nomás asómate tantito, canijo, y ¡pum!

Otro, otro y otro más.

A nosotros también nos descontaban. Íbanos en un principio tanteo más de cincuenta y ya nomás veía yo como a seis u ocho. No supe si los demás estaban escondidos. Mi coronel Sanderos, siempre bien valiente, y qué suerte tenía porque nunca le atinaban.

Acá al frente sí se oían los balazos como pegaban. A uno ya le dieron en un pie y seguía tirando cuando… Pum, pum, pum, salió el tren volando y nos aventó para cualquier lado. Unos caímos en la tierrita y a otros les cayó el tren encima. Machacados…

Del otro bando quedaron pocos también, yo creo unos diez y se juntaron todos para rematarnos junto al tren.

De los que íbanos adelante, nomás el chaparro y yo quedamos. Chaparro condenado, no traía ni un rasguño y yo sí andaba todo bien golpeado.

Le dije bajito:

—Ira, chaparro, ya nos dieron por muertos y ellos van por el coronel, vámonos tú y yo despacio y les caemos por atrás. —El chaparrito nomás dijo sí moviendo la cabeza, era muy callado pero muy bravo.

Así le hicimos y como si ya supiéramos a quihoras, al mismo tiempo el chaparro se descontó a uno en la nuca aventándole tremenda piedra, y yo a otro el machete en la espalda se lo enterré.

Se dejaron venir los del otro bando y así como fueron llegando les dimos hasta con los pies. Uno le tiró al chaparro, pero no le dio, yo le di primero. Ya quedaban menos. Como que esto se iba a emparejar. Mi coronel salió bravo pa apoyarnos y al menos unos tres se despachó. Otro se había hecho el muerto, y qué coraje me dio, también le aventé el machete y ahí quedó.

El chaparro estaba bien enojado, qué bueno que estaba de mi lado. Uno lo agarró a puño limpio, más grandote que él, un golpazo en el estómago y luego con otro le removió la quijada; pobre hombre, ahí quedó. Les aventaba piedras, les tiraba y ya que los tenía cerquitas hasta les escupía y los mordía.

Cada quien a su manera. Mi coronel tiraba de pie. Yo me los refilaba a balazos y hasta con el machete.

En eso me grita el Chaparro:

—¡Campamocho, atrás!

Yo no sabía ni qué me decía y sentí cómo me partían la cara con tremendo sable, y caí, bien mareado, y con un ojo ya no veía. El soldado se me dejó venir encima con su fusil y no sé de dónde saqué tantas fuerzas que de un machetazo el brazo le corté y al mismo tiempo el chaparro le disparó en la espalda. El soldado me cayó muerto encima. Empujé el cuerpo para un lado y me levanté, viendo pa todos lados con el ojo bueno, todo lleno de sangre, sangre mía y de otros más.

—¡Chaparro! ¡¿Qué?! —le grité al chaparrito que me contestó:

—Ya'stuvo esto, se acabó, Campamocho, ámonos con el coronel.

Me empecé a calmar y a oler la carne quemada, la pólvora; empecé a probar la sangre que me escurría. El chaparro me pasó un trapo o una camisa, no sé, y me tapé la herida que ya me dolía. Después me dolieron los golpes de la caída del tren. Condenado chaparro, no le dolió nada y ni le pasó nada.

—Chaparro, ¿cómo te llamas?

—Me llamo Diego, así nomás.

—¿Por qué no te duele nada, Diego?

—Yo creo tú eres más valiente, Campa.

No sé si me quiso decir que él seguía nervioso y alterado o nomás por mi lado me dio.

Ya contando bien quedamos siete: el coronel, Diego, yo y otros cuatro. ¿Cuántas mujeres quedaron?: no sé, como yo no tengo, por eso no me fijé. Del otro bando no sobró ni uno. Alcanzamos a oír el grito de una mujer de un vagón pidiendo auxilio, pero vimos que se acercaba un campesino p'ayudarla y nos fuimos a que me curaran los chorros de sangre con las Hermanas de la Caridad. No perdí el ojo, pero sí me quedó una rajada en la cara. Solo Diego y el coronel fueron mis amigos…; más bien, solo Diego.

Luego se hizo el chisme de la batalla: que Diego aventó un caballo, ja, ja, ja y dos llantas de carreta con una mano. Que yo me aventaba volando y cortaba las cabezas. Que al Coronel no le entraban los balazos… (Pero si le dieron tres: hombro, tripa y pierna). Qué historias…

Luego, cuando entrábanos a la pulquería, toooodos se quedaban bien silencios. Yo creo sí se andaba ajustando un libro pa puras mentiras de'sa batalla.

Luego el coronel nos mandó a Guadalajara y ahí vamos el chaparro y yo bien bañados y vestidos para conocer a la embarajadora, sabe tú eso qué es.

Nos recibió una señora que como muñequita parecía y muy amable, nos dijo que si queríamos ya nuestras familias no tenían de qué preocuparse, pero nos dio a entender que ya solo la cuidaríamos a ella; y Diego me volteaba a ver y le dije:

—¿Quihubo?, ¿va? —Nomás movió su cabeza diciendo que sí. Desde entonces no pudimos tener mejor patrón el chaparro y yo, o güeno, patrona puesn. La señora nos consideraba mucho y solo pedía que estuviéramos al pie a la hora que fuera y así l'hicimos hasta que un día saliendo de una fiesta a ella le dio un aire y se nos fue.

La extrañamos. El chaparro lloró y yo también, pero nomás con un ojo.

Luego don Heitor el esposo de la patrona nos dijo que hora trabajaríamos para él y nos trajo viajando mucho. A Iztatán ya no volvimos. Extraño el pueblito ese, era un lugar muy bonito, con su río Lerma y su gente buena, pero bien coyona.

40

✦ ✦ ✦

Entregando la carta

Para Tina, Toña y Tania quedaban claras varias cosas en el afán de entregar la carta de amor encontrada en el camino a Poncitlán, la cual había sido escrita antes del huracán Pamela, y ya sabían la fecha aproximada. También que la había escrito un tal Querencio y que tanto él como su amada Ata tal vez habían corrido peligro inminente. Los hechos coincidentes con las fechas de entonces eran la tormenta tropical Pamela y la famosa batalla del tren.

A Tania, que nunca le atinaba a nada, se le ocurrió por fin que fuera una de ellas a preguntar al coronel Sanderos si sabía de algún soldado llamado Querencio. Querían echar suertes con monedas, pero Toña se ofreció a ir.

—Buenas tardes, coronel Sanderos.

—Buenas tardes, hermana Toña, dígame pa qué soy bueno.

—Muchas gracias. Pues, mire, al parecer unas hermanas que no quieren decir su nombre se encontraron cosas sin valor que pertenecieron a un tal Querencio, y siendo ese nombre tan singular, pues, me preguntaba si usted llegó alguna vez a conocer a esta persona.

—Querencio, Querencio... Aah, no me diga. Los muertos me siguen hablando. Ire, pos, ¿a poco va usté a creer que Querencio estuvo con nosotros en la batalla del tren?

—¡Ah, Dio!

—Sí, ahí andaba Querencio con su mujer, Atalancia creo le decían a ella. Pero pos ya no queda mucho que decir. Los dos se nos fueron allí mesmo.

—Lo siento mucho, coronel. ¿Sabrá usted dónde los enterraron?

—Como eran matrimonio, yo creo que los dos deben estar en el camposanto de Iztapán. De ahí eran y ahí dicen que tenían más familia.

—Pos no sabe cómo le agradezco, coronel.

—Lo que necesite su casa hogar, tamos pa servili.

Toña salió caminando aprisa para compartir las novedades con Tina y Tania.

—Pos les tengo buenas y malas. Nomás no me interrumpan, por favor, hasta que termine de explicarles lo que me dijo el coronel. —Tina y Tania, ansiosas, asintieron con la cabeza para escuchar a Toña, después, acordaron idear un plan para ir a Iztapán.

Pasados varios días se volvieron a reunir.

—¿Qué han pensado? ¿Saben de algo típico que haya en Iztapán o algún evento al que pudiéramos ir? —dijo Toña.

—Pues yo ya anduve preguntando y parece que no hay nada que hacer allá y tampoco tienen ni un dulce ni un pan típico, ningún monumento, ni fiesta de santo, ni vista bonita, ni río. Bueno, nomás un arroyito que pasa por un lado del camposanto y que desemboca en el río Lerma. La verdad, lo desconocía, pero es un pueblo deveras olvidado de Dios y sin vida —dijo Tina.

—Pos yo averigüé que tienen casa hogar y que les hace falta ayuda. Tienen pocas hermanas y muchos niños. Y pos, adelantándome, ofrecí ir los sábados para allá. ¿Quihubo?, ¿se apuntan? —agregó Tania y las otras dos pa pronto respondieron que sí, asombradas.

Más de cuatro horas de camino a pie era el trayecto de Iztatán a Iztapán, no sabían en la que se metían y no hubo ningún tipo de transporte que las llevara. Tren solo había los jueves. Un campesino ofreció un caballo, pero solo podía ir una y a ellas les gustaba siempre andar juntas a todos lados. El munícipe ofreció una carreta y chofer, pero a los caballos les dio cólico desde el día anterior. Tendrían que ir a pie el sábado al alba, para regresar el domingo. Bien precavidas llevaron agua, pan, un cambio de ropa y, una de ellas, Tania, hasta un par de zapatos extra, colgados del hombro y amarrados de las cintas.

Conscientes del trayecto, se organizó una comitiva de hermanas para despedirlas y desearles buen viaje a eso de las seis de la mañana del sábado, tantito antes de que saliera el sol. "Son muy valientes, les deseo que les vaya muy bien". "Solo ustedes tres que son tan unidas se podían animar". "Los niños y las hermanas de Iztapán seguro se lo van a agradecer muchísimo". "Que les vaya muy bien, cuídense mucho y que regresen con bien". "¿Ya llevan agua y pan? ¿Les traigo algo?", palabras como estas y muchos buenos deseos más recibieron a la salida de la casa hogar de Iztatán. La ceremoniosa despedida las puso más nerviosas. Con poca luz, partieron las tres hermanas para Iztapán, ya casi amanecía y agarraron camino de una vez.

Al poquito rato, apenas saliendo el sol, el camino fue inolvidable, el sereno bañó de rocío todos los matorrales bajos, dándoles un brillo de barniz y plata. Incluso las telarañas resaltaban su belleza. Una neblina cubría los campos dejando resaltar las lomas, cerros y montañas. Iztapán quedaba al oriente y les tocó ver el sol salir entre las nubes.

Raramente, las tres iban en silencio, impactadas por la belleza del paisaje. Solo se escuchaba el trinar de los pájaros despertando. A veces, entre la hierba se escuchaba algo que se movía, seguro algún tlacuache espantado o algún otro animalito que las asustaba más a ellas. A lo lejos vieron un venado, también un zorrillo como a treinta metros; se detuvieron para dejarlo pasar por el camino. El animalito venía con su familia detrás de él.

Mientras que el sol salía, pudieron disfrutar del cambio del paisaje con las nubes que iban subiendo al cielo al calentarse. Lo pesado empezó como a las nueve y media de la mañana. El frescor se había ido por completo y el sol les daba en la cara. Para no encandilarse los ojos ni quemarse el rostro tenían que caminar con la cabeza agachada, viendo el suelo y de vez en cuando la subían para no entumirse y para orientarse. No había ningún pueblo ni ranchería en el camino, si acaso algunas casitas de campesinos por ahí regadas. Al camino se le metían las hierbas en algunos tramos, le faltaba uso, estaba muy abandonado. Si pasaban por algún arbolado, se detenían a refrescarse un momentito y a tomar agua, pero no mucha.

El resto del camino fue monótono, platicando se les pasó más rápido y ya como a las diez y media, faltando poquito para llegar, Toña preguntó:

—Tina, tú traes la carta, ¿verdad?

—No, yo no la traigo, tú se la diste a Tania el otro día —añadió Tina.

—Sí, pero yo te la regresé de tanto que me preguntabas si ya la había empacado, me hartaste de a tiro —aclaró Tania.

—¡Válgame! ¡Dios mío! ¡Hay que detenernos en la primera sombrita y revisar bien quién la trae! —expresó Toña.

Alegando y alegando a tope, llegaron a la sombra de una casuarina solitaria. Cada una separó sus pertenencias con cuidado. Revisaron todo con muchísimo detalle, cada ropa, cada pliegue, cada bolsa de pan, pero no encontraron la dichosa carta y tampoco se podían acordar en dónde o quién se la había quedado. Tania no pudo más con la presión y empezó a romper en llanto:

—¡Seguro fui yo!, ¡siempre soy la más mensa!, ¡seguro yo perdí la carta! —clamó Tania llorando.

Sus amigas la consolaron con mucho cariño, le dieron otro sorbo de agua y un poco de pan para que se calmara.

—Tania, ya, calma, calma, mira, al menos haremos una buena obra a los niños de Iztapán —dijo Tina.

—Bueno, eso sí, tienes razón. Ya vámonos, ya no quiero estar aquí —pidió Tania aún sollozando.

♫ *Sway, Arabelle*

Al poco tiempo llegaron a Iztapán. Más o menos a las once, como se esperaba. La recepción que les dieron fue de lo más conmovedora. Un chiquillo en la azotea de la casa hogar las vio y avisó con gritos a la comunidad: "¡Ya llegaron! ¡Ya llegaron!". En eso, salieron todos los niños corriendo por la calle y todas las hermanas de la casa hogar caminando aprisa. Sonaron las campanas del templo y todo el pueblo se dispuso a recibirlas hasta con música de una desafinada tambora. Les aventaron serpentinas y también confeti, pero era muy poquito porque eran muy pobres, así que los niños lo recogían con sus manitas y se lo volvían a aventar con todo y tierra del piso. Tania venía aún muy sentimental y se puso a llorar otra vez al tiempo que escupía la tierra y cargaba a dos niños pequeños junto con su bolso de ropa y sus zapatos. Si les dijeron todos "Bienvenidas" unas cien veces se me hace poco. Los niños estaban llenos de felicidad por la visita y las hermanas de Iztapán muy emocionadas. "De haber sabido veníamos antes", pensaba Toña.

La Superiora les dio la bienvenida en medio del alboroto y las invitó a pasar a desayunar con todo y el chiquillero al mismo tiempo. Una larga mesa ya estaba puesta en el portal del patio y los niños corrieron alborotados a sus lugares, todos traían mucha hambre. Tina, Toña y Tania quisieron acomedirse para ayudar al menos a servir a los niños y también al final del desayuno a recoger todo y lavar los platos, pero no se lo permitió la Superiora. Ya había planes para ir al arroyo a pasar un día de campo.

—Les preparamos una habitación nomás para ustedes tres solas. ¿Les parece bien? —dijo la Superiora y continuó—: Vayan a dejar sus cosas y luego pueden pasar a refrescarse a los lavaderos en lo que organizamos a los niños para irnos al campo.

—Hermana Superiora, ¿le podría pedir por favor que nos ordene cuáles son nuestras tareas? —instó Toña muy responsable y muy ceremoniosa.

—Con mucho gusto, les toca lo más importante de todo, jugar y divertirse con los niños que las han estado esperando con ansias —respondió la Superiora.

—Pero, hermana Superiora, debe haber algo más que podamos hacer —apremió Tina y agregó—: Mire usted, sabemos albañilería, plomería, pintura y arreglamos barniz de madera. También cocinamos, barremos y limpiamos todo lo que usted nos mande.

—Con eso será suficiente, créanme —indicó la Superiora.

La caminata en grupo al arroyo fue de lo más divertida, todos los niños querían ir tomados de las manos de las tres visitantes. Cruzaron por la plaza del pueblo y más familias salieron a acompañar a la comitiva. Luego pasaron frente al camposanto y Tina, Toña y Tania se voltearon a ver como diciendo: "Aquí es adonde tenemos que volver". Más adelantito llegaron a un arbolado muy bonito con viejos sauces retorcidos que reflejaban sus años y serenidad en el tranquilo arroyo. Se extendieron mantas en el zacate y se empezó a poner el refrigerio con calma; los niños jugaban en grupos con las tres hermanas de Iztatán a las trais, las escondidas y a la rueda de san Miguel. Los chiquillos eran incansables.

—A ver, espérenme tantito. Ustedes sigan jugando. Yo de aquí los veo —dijo Toña para tomar un poco de aire y recuperarse de tanto correr. No mucho tiempo después lo mismo dijeron Tina y Tania, pero los niños no querían hacer nada si no jugaban ellas, así que las esperaban a que terminaran de descansar.

—¿Ya descansaste? —les preguntaron muchas veces.

—Ya mero, tantito más y ya —era la respuesta.

Tina, Toña y Tania no podían sentirse más cansadas por la desmañanada, la caminata de cuatro horas con el sol de frente y ahora los juegos infantiles. Tampoco podían sentirse más queridas y conmovidas por estos chiquillos que no se les despegaban ni un minuto. Quizás fue la energía de cariño que les daban estos niños lo que las hizo seguir jugando y jugando todo el día, tomando breves intervalos para recuperarse.

Entre juego y juego, las tres hermanas se dieron cuenta de que las maestras se juntaron para hablar con la Superiora. A la hora del refrigerio, Toña, que era la más asertiva, le preguntó:

—Hermana Superiora, disculpe por favor mi indiscreción, pero vi que las maestras se acercaron a hablar con usted y me preguntaba si todo estaba bien.

—No. De momento aún no está todo bien, pero espero pronto lo esté.

—¿Y hay algo que podamos hacer nosotras?

—Pues mire, Toña, los niños están encantados, quieren estar más tiempo con ustedes y necesitamos organizar más actividades para mañana.

—Pe…, pero mañana regresamos temprano.

—Se iban a regresar, Toña. Desde que llegaron vi cómo a los niños se les iluminó la vida de felicidad y de inmediato mandé telegrama a Iztatán para avisar que aquí se quedarán unos días más.

—Pero no traemos ropa suficiente.

—Aquí no les faltará nada, no hay de qué preocuparse, le aseguro que estarán como en su casa.

—Muchas gracias, no lo dudo. Aquí nos quedaremos con mucho gusto. ¿Solo le puedo pedir un favor?

—Sí, dígame.

—Tania anda un poco sentimental porque al parecer aquí yacen los restos de unos amigos de su familia que quiere visitar en el camposanto. ¿Podríamos las tres ir temprano?

—Estará cerrado porque es domingo, pero yo avisaré al encargado para que les abran. ¿A las siete de la mañana les parece bien? Tenemos pensado desayunar a las nueve.

—Muchas gracias. Sí, a las siete está muy bien.

El resto del día fue de lo más placentero, risa y risa, jugando sin parar. Resultó muy curioso ver cómo los chiquillos se identificaron con las tres hermanas visitantes: los más pequeños con Tania, los medianos con Tina y los grandes con Toña. Regresaron a la casa hogar como a las seis de la tarde. Tania veía cargando a dos pequeños que ya habían caído de cansancio, otros soltaron de la mano a Tina y se fueron derecho a dormir a sus camas, y unos pocos se esperaron para acompañar a Toña a cenar conchas con leche.

—¡Tania, ya despiértate, faltan 5 para las 7! Nos esperan en el camposanto —le dijo Toña al día siguiente y Tania se levantó de sopetón atarantada, y, para no perder más tiempo, sacudió el vestido lleno de tierra que se había puesto un día antes y se lo puso en un segundo, luego se calzó sus zapatos limpios, que eran los que le quedaban más cerca, con las manos se aplacó el cabello y dijo:

—Lista, ya vámonos.

Salieron las tres caminando aprisa al cementerio. Tania venía cojeando incómoda.

—Tania, pos ¿qué trais?, ¿por qué no caminas bien? —le preguntó Tina.

—Fíjate que sacudí el hábito enterregado y seguro les cayó tierra y piedritas a mis zapatos. Horita que lleguemos me los quito y los sacudo.

Llegando a su destino, un viejito muy amable de pantalón café a rayas y camisa blanca, más bien bajito y con lunar a medio cachete, las estaba esperando para abrir la reja.

—Buenos días, pásenle, las estaba esperando —saludó el viejito.

—Buenos días, señor. Muchas gracias —respondieron las tres.

—Disculpe, ¿usted sabrá en dónde están las tumbas de una señora Atalancia y su esposo Querencio? —preguntó Toña al viejito.

—Sí, yo sé dónde están, eran mis amigos, yo los conocí desde chiquillos. Vengan, síganme.

Los cuatro caminaron hasta el fondo, ahí el cementerio no tenía barda por su colindancia natural con el arroyo; sin embargo, con los sauces antiguos y chuecos y el lento flujo del agua, el cementerio tenía la vista de una nostálgica postal.

Dijo el viejito:

—A mí me hubiera gustado que ellos dos haigan quedado en Iztatán, porque ellos tenían mucho gusto del río Lerma, pero los trajieron para acá por la familia y, bueno, al menos les pude escoger este lugar pegado al arroyo que más delante llega al río. Aquí están los dos juntitos como hubieran querido, se querían muchísimo, más que naiden. Platíquenles a gusto y el rato que quieran, yo las espero en la reja.

Tania se conmovió de nuevo, era muy sentimental y ya traía los ojos razos desde que abrieron la reja. Toña, muy seria, solemne. Tina dijo unas palabras:

—Señora Atalancia, señor Querencio, queremos decirles que encontramos una carta de su propiedad allá entre Iztatán y Poncitlán, pero la perdimos en el camino y de cualquier manera queríamos venir a disculparnos y decirles que la carta la escribió el señor Querencio para usted, señora Atalancia. La carta era muy bonita, llena de palabras de amor.

Tania se había sentado en la tumba de al lado y se había quitado los zapatos, pero aún no podía sacudirlos por estar en pleno sollozo. Descalza, chillando con soltura por el amor que la pareja se tenía, la carita se le llenó de lágrimas, así que Toña decidió acercarse para consolarla, caminando muy despacio como no queriendo hacer ruido. Antes de que Toña se sentara, Tania se compuso un poco y levantó sus dos zapatos para sacudirlos, cuando vio clarito cómo el sobrecito con la carta se salía del zapato izquierdo y volaba hacia el arroyo.

—¡La carta! ¡La carta! ¡Toña, Tina, la carta! ¡Se nos va! ¡Se nos va! —gritó Tania desesperada, pero por más que corrieron empapándose en el arroyo no pudieron rescatar la carta que cayó lentamente a la mitad del flujo que la hundió y se la llevó.

—¡No, no, no, no, no, no, nooooooooooo! —gritaba y lloraba Tania, y sus amigas la invitaron gentilmente a sentarse para consolarla. Sollozando las tres, el viejito se presentó donde ellas y les preguntó:

—¿Pos luego qué gritadera train?, ¿qué les pasó?, ¿están bien?

—Don, la verdad es que traíamos una carta que le escribió Querencio a Atalancia y se la veníamos a entregar a ella, pero se nos voló y el arroyo se la llevó —confesó Tania sollozando. El viejito suspiró y les dijo:

—Ah, qué atarantadas, si vinieron desde Iztatán a entregar esa carta déjenme decirles que la carta está donde debe estar. A ustedes no se les voló, el río reclamó lo suyo y la carta ya llegó a su destino. No son rumores, niñas, el río Lerma reclama las almas y la carta que trajeron ya fue bien recebida. Tensen en paz y tranquilas, todo está en su lugar y todo está bien. Y, niña Tania, ya no llore, seguro Atalancia hoy se puso muy feliz por lo que hicieron, yo se lo puedo asegurar.

Las tres hermanas, conmovidas, dieron gracias al viejito y se regresaron a la casa hogar. En la entrada estaba la hermana Superiora, que les dijo:

—Les pido mil disculpas, ya nomás las hicieron levantarse muy temprano y tan cansadas que deben andar. Nadie les avisó que no se pudo abrir hoy el cementerio y nomás se dieron la vuelta en vano. Pásense a tomar un café siquiera en lo que está listo el desayuno.

—Hermana Superiora, sí pudimos entrar, un viejito de pantalón café de rayas y camisa blanca nos abrió la reja con llave —dijo Toña.

—Hmmm, qué extraño, no recuerdo a nadie así, pero, en fin, lo importante es que aprovecharon.

Las tres hermanas pasaron días fantásticos de juegos y convivencia con los niños, poco a poco esos pequeños se les enterraban en el corazón causándoles conflictos con los niños de Iztatán que también extrañaban. Indudablemente, tendrían que ir y volver como rutina, sus vidas habían cambiado. Para no sentirse que solo se aprovechaban y siendo muy proactivas las tres, así como no queriendo la cosa, se fueron involucrando en las responsabilidades cotidianas de la casa hogar. Sin duda, la tercia llegó a ser muy querida.

En una de tantas vueltas a Iztapán, tuvieron tiempo libre para llevar a los niños a ver una colección de fotos que estaría en el ayuntamiento por unos días por cortesía del periódico *Nuestro Tiempo*. En tonos grises y sepia aparecían carruajes, personajes elegantes, familias de campesinos, revolucionarios, trenes, incluyendo la del tren volteado, y muchas más. Los chiquillos nunca habían visto ni una foto y estaban todos sorprendidos.

—Mira, Tina. Mira, Toña —dijo Tania señalando una foto en la que aparecía un señor parco, serio, con pantalón de rayas y camisa blanca, y un lunar a medio cachete junto a una guapetona adelita en huaraches.

—¿Quién es, Tania? —preguntó Toña.

—Fíjate bien, casi te puedo asegurar que este es el señor que nos abrió la reja del panteón —aclaró Tania.

—Sí, se me hace que sí es. ¿Qué dice la guía?, ¿quiénes son? A ver, fíjate, Tania, es la foto 57 —detalló Tina.

—Dice que son los recién casados Atalancia y Querencio Roque. ¡No puede ser! —clamó Tania, y a las tres se les puso la piel chinita.

—Son mis papás. ¿A poco ustedes los conocieron? —les dijo un jovencito que apenas venía entrando con una sonrisa al salón de fotos.

—Pues… sí…, se puede decir que sí y sabemos que se querían muchísimo —mencionaron las tres más o menos así, más o menos al mismo tiempo.

El joven era más bien bajito y tenía un lunar en el cachete.

41

✡ 🐸 ✡

Un gigante

♫ *Blood on the Rooftops, Steve Hacket*

Mi mamá me puso a limpiar frijoles: me quedaba absorto en la tarea de buscar piedritas y, aunque fueran muy pequeñas, me obsesionaba en dejar los frijoles libres de cualquier cosa que no fueran frijoles bien bonitos. Y es que una vez comiendo frijoles de la olla mordí una piedrota ¡y casi me parto una muela en dos!! No se lo deseo a nadie, bueno, a la hermana Severa tal vez sí. Se siente horrible, ¡te asusta!

En esa búsqueda incesante de piedritas me encontré un frijolito extraño…, parecía que le salía un papelito por un extremo y lo separé a un montoncito en donde ponía los hallazgos que me llamaban la atención: alguna piedra rara, una ramita con forma de letra o algún frijol con manchas llamativas.

Por la noche, ya casi para dormir, me senté en la cocina a contemplar los hallazgos y con una de las piedritas pude abrir con cuidado el frijol del papelito. Al separar la semilla en dos salió un vaporcito verde que respiré sin querer y luego pude ver que sí, sí era un papel doblado, lo abrí con cuidado y… ¡traía un mensaje! En letras chiquititas decía:

Tú que te has abierto esta semilla mágica, esta noche mientras duermas crecerás más alto que cualquier gigante y que cualquier árbol que jamás haya existido.

Atónito me quedé… No supe qué pensar. Lo guardé en secreto. También saqué unas cobijas al jardín con discreción y, aunque no quería dormir, el cuerpo me venció y no supe a qué horas perdí la conciencia.

Antes de salir el sol me desperté de frío, pero con los ojos cerrados, no quería abrirlos, ni quería sentir mi cuerpo…

¿Qué sucederá a partir de hoy? ¿Cuánta gente quedará espantada? ¿Me correrán de Iztatán? ¿Qué voy a comer? ¿Y mis amigos…?, ¿ya nunca los veré? ¿Y a mi mamá?…

Siempre he pensado que hay que ver lo mejor de la vida, pero… ¡esto no tengo idea de cómo verlo! Por eso no quiero abrir los ojos, nunca quiero despertar…, pero ¡quiero vivir!, ¡quiero jugar!, ¡quiero aprender y crecer!, pero ¡no así de sopetón! ¿¡Por qué yo!? ¿¡Por qué a mí!? ¡Regrésenme!, ¡regrésenme a como estaba!

Aún nadie se despertaba, así que me hice el ánimo de levantarme… Hííííííjoles, qué lento soooooyy… Por supuesto, mi ropa se había desgarrado y la veía en el suelo diminuta. ¿Cuánto mediré? ¿Treinta metros? ¿Cuarenta? ¿Cincuenta? ¡Me mareo al ver hacia abajo!

¡Calma! ¡Basta ya! ¡Serénate, Juanito! ¡Juanito! Ja, ja, ja. ¡¡¡Juanito!!! Ja, ja, ja. ¡Señor Don Juan, me van a decir!

Agarré unos árboles y varios mecates de los tendederos y me hice un taparrabos de árboles para no andar en cueros.

Me fui de Iztatán al campo abierto a pensar antes de que nadie me viera… Mi mamá se va a asustar. ¿Cómo no le dejé un recado? Y agarré un tronco y escribí en el pasto del jardín: "Mamá, estoy bien, vuelvo pronto, Juan". No sé si mi mamá pueda ver las letrotas…, son demasiado grandes, pero no puedo hacerlas más chicas…; tal vez si alguien sube a la azotea… Bueno, ya me voy…

Como era temprano, algunas nubes bajas me pasaban por el cuerpo y por la cara. No sé cuánto caminé detrás de la sierra, pero fueron pocos pasos gigantes. Se me figuró ver a un niño greñudo y muy sucio y flaco que corría a esconderse en una cueva; él me gritó algo, no le entendí, pero sí lo saludé y seguí caminando. ¡Qué velocidad para viajar, señores! Me senté en un valle lleno de neblina que empezó a subir al darle el sol.

Luego empecé a oír una vocecita:

—¡Pero quién se llevó mi frijol¡, ¡pero quién se llevó mi frijol! —arriba de una nubecita gritaba de rabia un hombrecito gordo con larga bata blanca, grueso cinto dorado, gran corona y bastón. Sencillamente, no podía creer nada de lo que sucedía y pensé: "Qué más da, hablaré con el gordito". Por primera vez siendo gigante tomé la palabra y le pregunté con una voz muy profunda y ronca:

—Buenos días, señor, ¿acaso busca un frijol con un papelito adentro?

Él me contestó:

—¡Fuiste tú! ¡Fuiste tú! ¡Tú te robaste mi frijolito y por eso te hiciste gigante!

—Señor, por favor, cálmese, yo solo limpiaba frijoles para mi mamá y me encontré con ese frijol raro, todo fue un accidente. ¡Por favor, ayúdeme! Usted debe de saber. ¿Cómo puedo regresar a mi tamaño normal?

—Hmmmm… Ña, ña, ña. Mira, niño… —decía el hombrecito montado en su nubecita—, por el momento solo puedo hacerte pequeño para que subas a mi nube y vayamos a mi rancho, ahí tal vez podamos encontrar la solución… Esto hace muuuuchos años que no me sucedía… Recuerdo que en Tala hubo varios gigantes que comieron mis frijoles, pero eso fue hace cientos de años…, así que… —Empezó a agitar sus manos y gritó—: ¡Ven! ¡Súbeteeeeeee!

Y así con ese grito fuerte del gordito me hice pequeño y floté para treparme a la nube en donde aparecí con mi ropa normal.

Llegamos tan alto que podíamos ver la laguna atrás. El gordo me dijo:

—Mira, ese es Poncitlán a la izquierda, más al norte y a la derecha allá se ve Atotonilco y creo que más al norte hasta se distingue Tepatitlán. ¿Los conoces?

—Solo me han llevado a Ponci y alguna vez a la laguna.

—Pues, mira, cuando viajas en nube o eres gigante, todo el mundo parece más pequeño y los problemas se hacen pequeños también.

Me quedé callado y pensé: "Pues, mire…, yo tengo pendiente de que mi mamá esté preocupada por mí".

Seguimos subiendo y yendo al norte hasta toparnos con nubes superespesas, todo se veía blanco, blanco. Subimos un poco más y apareció un precioso ranchito pintado del mismo tono, con tejas y guardapolvos colorados. Había muchos animales sueltos, caballos, coyotes, gallinas, zorrillos, borregos, vacas, toros y chivas, y todos convivían en paz.

Algo brillaba como el oro en la cumbrera de la troje, me deslumbró por un momento, pero llamó mi atención y volví a subir la vista, era un gallo precioso. "Qué elegante y fina figura, seguro la hizo algún escultor famoso", pensé. Luego lo vi parpadear. ¿Será que me encandiló? Ah, caray, no es posible, se está moviendo. ¡Dios mío, pero qué elegancia tan fina del animalito! ¡Está vivo!

—¿Cómo es posible que exista un animalito así? —le pregunté al gordo.

—Lo importante es lo que él puede hacer por ti. Si logras hacer que no cante por la mañana, una de sus patas se convertirá en la llave que necesitas para abrir el cofre que tiene la cura para tu gigantez.

—¿Y qué pasaría con el gallo? ¿Se quedaría con una sola pata?

—Pues, espero que, como hace cincuenta y siete años, le crezca rápido otra pata.

—Ah, menos mal. Bueno, pero… ¿cómo le hago para que no cante?

—Ni creas que te la voy a dejar fácil, vivir aquí es muy hermoso, pero también aburrido, así que pasarán otros cincuenta y siete años en los que me vas a entretener viendo cómo desatinas en tu objetivo, ja, ja, ja.

—Señor, yo necesito regresar con mi mamá.

—Y lo harás, lo harás, estoy seguro.

Al poco tiempo de quedarme pensando en el nuevo reto, sentado en una piedra a pleno sol me di cuenta de que en ese lugar el sol no quemaba, que la brisa era muy agradable, que no hacía calor ni frío, que yo no tenía ni sed ni hambre ni alguna otra necesidad. Era un sentimiento de estar en la perfección tanto de mi cuerpo como del clima. Un coyote se me subió a las piernas y se echó una siestecita y poquito después llegó un conejo que se me acurrucó entre los pies. Veía a las gallinas y palomos subirse al lomo de los caballos y las serpientes se enroscaban en las patas de los borregos plácidamente. Todo era una paz eterna y eso me dio mucha calma para pensar y pensar cómo acercarme al gallito de oro y hacerlo callar por la mañana.

Saqué de la troje un hacha, un martillo y clavos. Corté unas largas ramas de un árbol y empecé a armar una escalera mal hecha pero más o menos firme para subir a la cumbrera. La apoyé en el piso y empecé a subir con cuidado cuando de repente la escalera empezó a enraizar y soltar ramas largas y gruesas con espeso follaje, convirtiéndose en otro árbol idéntico al que yo había cortado. Asustado pero decidido, escalaba por las ramas hacia mi objetivo, pero el árbol caminó hacia el otro árbol que había podado… Me tuve que bajar. Asombrado vi cómo el nuevo árbol engullía el hacha, los clavos y el martillo, y se fundía con el árbol podado en uno solo, aún más grande y robusto. Sucedido todo esto, el gallo de oro cantó victoria y anocheció…

Sin luz de luna, en total oscuridad no tuve otra más que guardar energías y dormir en el suelo con una piedra de almohada. Extrañamente, dormí como nunca de bien, desperté con el canto del gallo al alba y de maravilla. El gordo a lo lejos salió de su casa y me gritó:

—¡Inténtalo de nuevo, ya!

De nuevo, ahí voy a la troje, saqué una cuerda, le hice varios nudos como a un metro cada uno más o menos, la aventé con fuerza intentando engancharla en madrina que sobresalía, una vez, otra vez, otra, otra y otra más… No sé cuántas veces lo intenté, pero fueron muchísimas. Me di cuenta de cómo avanzaba el sol hasta que por fin sucedió: ¡la enganché! Rápido amarré un extremo a un poste y recorría los nudos. En eso se trepa muy amigable una culebrita chirrionera prieta, se enrolla suavemente en la cuerda y ¡se empieza a reproducir!: la nueva culebrita se enrosca más arriba de la cuerda y repite lo sucedido. Fue inútil mi esfuerzo… otra vez, la cuerda se llenó de culebritas y luego se convirtió en unas veinte culebritas. Caí de espaldas muy duro al suelo. Claro que me asusté, pero nada me dolió; luego las culebritas se desbalagaron por todos lados y la cuerda simplemente desapareció…

Aún sin levantarme el gallito de oro nuevamente cantó victoria y anocheció sin luna… una vez más.

Se escuchaba a lo lejos una dulce guitarra, muy extraño, de inmediato me invadió el sueño y dormí en el suelo…

Al día siguiente desperté con el canto del gallo al alba y de maravilla. El gordo a lo lejos salió de su casa y me gritó:

—¡Vamos!, ¡no te rindas! ¡Inténtalo de nuevo ya!

Me levanté, entré de nuevo a la troje y saqué una pala. Hice un montículo de tierra pensando montar el caballo a toda velocidad y cabalgar sobre él saltando para sujetarme de la madrina, y así fue, más que manso y obediente el caballo siguió el mando de la rienda; nos alejamos unos 57 metros de la troje y luego arrancamos disparados a toda velocidad para ir tanteando el brinco, pero al irnos acercando, el caballo se iba haciendo chaparrito, chaparrito, chaparrito, de manera que antes de llegar al montículo mis pies ya tocaban el piso y casi me voy de boca. El caballito sabía mis intenciones y siguió corriendo solo hasta que muy valiente dio un simpático brinquito desde el montículo. Me sentí frustrado, pero también me dio mucha risa y, al reír, si ya lo sabes, el gallito de oro nuevamente cantó victoria y otra vez anocheció sin luna…

Se escuchaba un arpa a lo lejos, era sin duda una canción de cuna, de inmediato me invadió el sueño y dormí… en el suelo…

Al día siguiente desperté con el canto del gallo al alba y de maravilla. El gordo a lo lejos salió de su casa y le pregunté:

—Señor, ¿usted toca la guitarra y el arpa?

Él me gritó:

—¡Pero eso qué rayos importa! ¡Ponte a trabajar! ¡Vamos de nuevo ya!

Tenía razón el gordo… Rejunté un buen montón de piedras, yo creo más de cien o doscientas, y con todo mi pesar empecé a aventarle pedradas al hermoso gallito. Al principio no sentía que de verdad quería darle y solo afinaba la puntería, pero pensé: "Juan, si no le tiras con ganas a darle nunca verás a tu mamá", así que me puse a tirarle con mucho tino y con mucha fuerza y con muchas ganas de darle al gallo. Va una…, ¡derechito a la cabeza!, y el gallo se movió con gentileza evadiendo la piedra. ¡Va otra! ¡Al cuerpo seguro le doy!, y el gallo dio un solo paso adelante evitando la piedra. ¡Otra que va directa a las patas! El gallito brincó… Era obvio que el gallo sabía hacia dónde iban las piedras, para evitarlas con toda tranquilidad.

Para burla de mi persona, las piedras volvían solitas rodando al montón como diciéndome: "Jamás le pegarás al gallo". Sin importarme nada y sin tener más ideas, yo creo que fácilmente hice unos cincuenta y siete mil tiros de piedra, muchos excelentes de tanta práctica, pero el gallo los evitaba todos con toda tranquilidad…

Derrotado, bajé el brazo. El gallo sabía que yo ya no le tiraría más piedras hoy…, y, sí…, otra vez… el gallito de oro cantó victoria y anocheció, sin luna.

Esta vez escuché la más dulce melodía de un piano. Estaba aturdido del esfuerzo y muy preocupado por mi mamá. Lloré extrañándola. Se me salieron varias lágrimas y me dormí y descansé muchísimo. Al día siguiente me despertaron el canto del gallo al alba y el gordo gritón como siempre:

—¡Ya levántate!, qué esperas, ¡a trabajar otra vez!

Te puedo seguir contando tantas veces tan distintas en que quise atrapar el gallo para hacerlo callar, para cerrarle el pico. En resumidas cuentas, te digo que fueron muchísimas, las fui contando; fueron tantas y pasaron tantos días tan rápido que mi mamá seguro ya se había hecho muy viejecita y se había despedido de esta vida.

Así que llegó un día en que solté toda el ansia que tenía por ver a mi mamá, tantos recuerdos de tantos intentos de atrapar el gallo, solté por fin el enfado al gordo gritón que me tenía prisionero en las nubes; solté el recuerdo de los cuidados de mi mamá cuando me enfermaba... Solté el recuerdo de su suave mano en mi frente, sus dulces besos y abrazos y su incondicional amor por mí. Y lloré muchísimo por ella y fue el único día que sentí un dolor físico en aquel rancho de las nubes, sentí clarito cómo se me partía mi corazón en dos, como si fuera una piedra hirviendo al meterla en agua helada: ¡crak!, se escuchó por todo el rancho. Los animales voltearon a ver y el gordo, asombrado, sacó la cabeza por una ventana, pero esta vez no gritó.

Estábamos mirándonos a los ojos el gallo y yo, él desde la cumbrera muy digno y brillante como siempre, imperturbable, y le dije en voz baja desde la piedra en que me sentaba:

—Ven, gallito, ven —en un tono suave y derrotado, sin expectativas ni esperanzas. Y el gallo voló hacia mí. Lo recibí con cariño y lo acaricié y le dije—: Gallo, gallo bonito de oro, por favor, no me cantes por la mañana, yo solo me despertaré. —El gallo asintió con la cabeza y cantó como siempre para traer la noche, el sueño y la dulce música de violines.

Al siguiente día me desperté antes de salir el sol. Caminé con el gallo dormido en mis brazos hacia la puerta de la casa del gordo y esperé a que saliera para evitar que gritara y despertara el gallo. El gordo salió y le dije en voz muy bajita:

—Shshshshshsh, no digas nada, lo despertarás.

Luego salió el sol, esplendoroso como siempre, y al gallo se le soltó una pata que se convirtió en una llave. El gallo se convirtió en un cofre y lo puse en suelo, lo abrí y salió un humo rojo que respiré sin querer. Dentro del cofre había un papel que decía:

Tú que te has roto por ver a tu madre,
tú que has abierto este cofre secreto, te digo que hoy mismo volverás a verla...

El papel se me esfumó entre los dedos y el cofre se hizo gallo de nuevo y el gallo cantó como nunca de alegre, y se hizo la noche despacio en un atardecer hermosísimo lleno de la música más dulce con muchos instrumentos y coros de gigantes que rodeaban la nube del rancho. Me invadió el sueño y dormí profundamente, más profundo que nunca. Lo último que vi fue al gordo a lo lejos, sonriente...

Desperté al día siguiente sin abrir los ojos, estaba muy hambriento y me dolía la panza. Sentí las cobijas y la cama. Me llegaba el olor de leña de la estufa y disfruté muchísimo todas esas sensaciones. Estaba de vuelta en casa. Luego percibí la mano más suave y gentil del mundo en mi cara, era la mano de mi mamá, que me dijo con cariño:

—Mijo, ya es hora, ya despiértate. —Abrí los ojos y me preguntó:

—Mijo, ¿no te cayeron mal tantos frijoles que comiste anoche?

—No, mamá, estoy bien.

Le di un fuerte y largo abrazo, aunque mi frente estaba empapada en sudor.

42

✦ ✡ 🐸 ☾

Bajando los escalones

♫ Contemplation, Sara Edwards

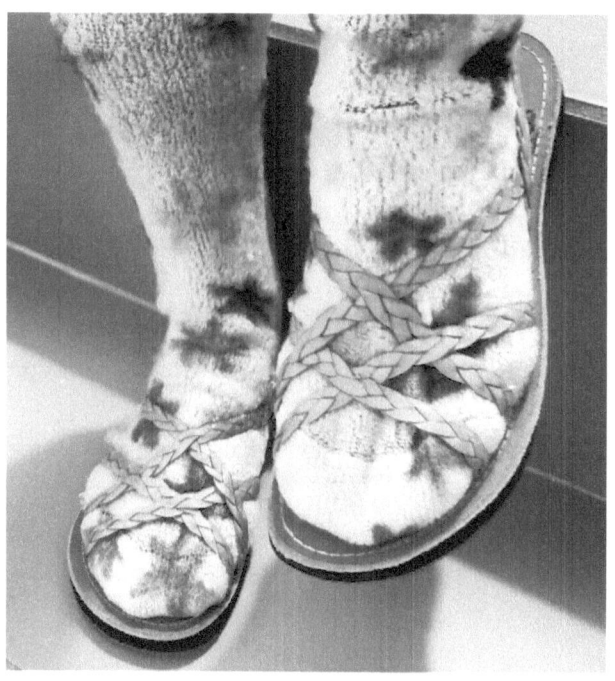

Pensaba Espiridión:

Íbamos bajando la escalera, por un momento me quedé absorto en el movimiento de los pies del grupo a través de los escalones. ¿Por qué tendremos esos episodios breves de eternidad? Clarito vi los zapatos rotos de alguien detenerse en pleno aire junto con los huaraches de alguien más que traía calcetines pachoncitos y floreados. De repente pasó un segundo y ya estábamos comiendo elotes, así como así. ¿Por qué se va uno? ¿Qué pasa con el tiempo que uno no está? ¿Y con uno? Siempre me ha dado vergüenza preguntar. Quizás a los niños que no tenemos papases así nos sucede por el ansia de querer ser hijos de alguien.

En esos momentos sé que sueño con música, pero no la recuerdo, a veces sé que es guitarra o piano o sonidos hermosos que no sé qué los produce, no puedo recordarlos.

El otro día nos llevaron al campo y jugamos a las escondidas en un maizal. Recuerdo que estaba bien sudado por correr y traía los brazos y el cuello raspados por la milpa. Me quedé quieto viendo cómo se movían las hojas con el aire. ¿Por qué puedo ver cómo se mueven tan despacito? Hasta los ruidos se oyen muy lentos. Escuché al mismo tiempo unos 57 pájaros trinando. Escuché el viento y hasta pude escuchar mi corazón y todo tenía un ritmo natural armónico.

De repente ya estábamos de regreso en el hospicio. No supe cómo regresamos y otra vez me dio pena preguntar. Quizás todo el tiempo lento que estuve en el maizal sirvió para llegar más rápido al hospicio... Quién sabe.

Me preocupa que un día otra vez vea y escuche todo lento y de pronto verme viejo en el espejo...

Quizás así es la vida, se acuerda uno de cachitos, despacito, y súbitamente ya pasó más tiempo y cada vez más hasta que nos vamos. Quizás toda la vida es solo un recuerdo de esos lentos... No sé, me da pena preguntar... Pero sí quisiera recordar la música.

43

♦ 🐸

Hacienda San Juan del arroyo de en medio

Por la Hacienda de San Juan en Tonalá, pasa un arroyo vertiente al río Lerma y esta es la leyenda del nombre completo actual.

Enrique Blanco, un flaco, pecoso, pelirrojo y cuadrado santurrón, de esos que no matan ni una mosca, se puso una tremenda borrachera harto de tantos mandatos y tantas indirectas y humillaciones de su esposa Roberta Moreno, una gorda gritona, enojona y amargada que desquitaba los maltratos recibidos en su infancia vaciándolos en su lánguido e insípido pero noble y trabajador esposo.

Roberta fue guapísima en su juventud, esbelta y de una piel trigueña dorada excepcional, ojos amielados y grandes pestañas. Recién casados, Enrique se sentía sumamente afortunado y enamorado, pero, al pasar los años, la amargura y la gordura de su esposa se fueron acrecentando al grado de ser públicamente vergonzosas. "Ya déjala". "¿Qué sigues haciendo ahí?". "Bueno, flaco, pero por qué le aguantas tanto" y cosas por el estilo le decía la gente de la hacienda al simplón de Enrique, que solo respondía encorvado con su estúpida sonrisa, refugiándose lo más que podía en las labores de la Hacienda de San Juan, donde trabajaba desde niño.

En ese matrimonio ya no había intimidad ni nada de qué hablar salvo por las injurias degradantes que Roberta desbordaba en turbia y fecunda cascada de improperios al insulso flaco.

Sospechan que Roberta sorprendió a Enrique atravesando el arroyo que cruzaba por la hacienda; como él andaba bien borracho, Roberta justificó para gritarle hartos insultos y ofensas humillantes que a él lo motivaron a levantar una tremenda piedra angulosa arrojándola con fuerza a la cabeza de la escandalosa gorda, asestando con tanta precisión que antes de caer en el arroyo, ella ya había fallecido con la piedra incrustada exactamente en medio de sus hermosos ojos color de miel.

Ahí quedó la gorda.

La piedra dio justo en medio de su cabeza y su cuerpo completo cayó justo en medio del arroyo. La corriente abrió sus brazos y sus piernas como queriendo marcar con una X el centro exacto del arroyo y de la hacienda. La piedra, firmemente clavada en la cabeza, sobresalía del agua como si fuera una precisa mojonera.

Mucha gente se juntó en la mañana a ver el cuerpo tirado exactamente a la mitad del arroyo, era tan atroz como impactante por la gran precisión con la que yacía inmóvil con la piedra justo al mero en medio de sus ojos, al mero en medio del arroyo, al mero en medio de la hacienda.

Así se le dio su nombre a la Hacienda de San Juan del Arroyo de en medio.

Ahora que lo pienso bien, creo que fue muy claro que Roberta llegó en el momento justo al lugar necesario donde terminaría su vida y su amargura. Ahora el arroyo enjuagaría y lavaría todos sus rencores y resentimientos más profundos dándole la paz y tranquilidad que todos merecemos.

Enrique se fue a vivir muy lejos, a Chihuahua, a un pueblo nevado de la sierra, llamado Batopilas, donde decían que su gran cantidad de pecas y de pesar nunca se le quitó. Aunque pudo ser feliz un tiempo, el pobre sufrió una gran tragedia y nunca se volvió a casar; murió muy pronto de tristeza.

Nunca fue a prisión ni fue juzgado por el crimen cometido. La justicia de la ley, como siempre, llegó tarde, pero en la investigación se encontró esta carta en la que Enrique deja en claro la desdichada razón de su partida:

Carta de Enrique Blanco a su difunta novia
♫ *The Crisis, Ennio Morricone*

Tan necia, mi flaca, cómo me pesa que te me hayas muerto tan sola y tan fría en el campo.

Quizás el calor de tu enorme corazón no te permitió sentir cómo es que fue llegando tu último respiro.

Deseo con todas mis ganas que, aunque estuviste desamparada, te hayas sentido muy amada al final, muy querida y acompañada de mí y de tu familia y de todos en el pueblo de Batopilas que te amamos por tu enorme determinación. Los mediocres dirán que no vale la pena esforzarse al comentar de tu despedida. Otros, más entendidos, dirán lo ejemplar y centelleante que fue tu vida, como una estrella fugaz que alienta las ganas impulsando y dirigiendo al destino deseado.

Cómo me duele tanto no haberte acompañado y no haber sostenido tu mano en el último momento. Felizmente me hubiera ido contigo y así el corazón no se me hubiera despedazado.

Ahora no sé qué hacer ni a dónde más ir.

No quiero salir de casa, pero tampoco quiero estar aquí.

No me aguanto de tristeza, de vacío, de sinsentido..., y no dejo de pensar en ti, en tu hermosa carita azul de congelada, en la carta que llevabas, en tus rígidas manitas a las que les derretí el hielo con todo mi amor, mis lágrimas y mi aliento.

Me hubieras llevado contigo para casarnos flotando arriba del río Lerma, donde yo sé que me esperas.

Pronto ahí estaré.

Mi destino es a tu lado.

Reportaje e investigación de Joaquín Dorantes para Nuestro Tiempo.

44

✡ ✡ ☾ ☾

Viaje del munícipe a un pueblo hechizado

Andábamos a caballo mi primo y yo por el desierto de Sayula. Nos equivocamos, era mejor rodear la Laguna de Chapala, llegar a Tuxcueca y luego dar vuelta al sur a Teocuitatlán. En fin, mi primo llevaba agua, cecina, tequila y cobijas por si algo nos obligaba a pasar la noche en el camino. Yo cargaba mi morral con cigarros, cerillos y algunos ates de guayaba envueltos finamente en papel de cera, para regalar a mis amigos en la gran reunión.

El 2 de enero había recibido un telegrama en el ayuntamiento, como todos los años, con la invitación cordial a la gran reunión anual de munícipes y gobernadores de Jalisco.

—Primo —le dije—, seguro Teocuitatlán está detrás de ese cerro, ya solo nos falta salir del arenal y enseguidita está San José de Gracia y al ladito Teocuitatlán. Como quien dice ya llegamos. —Mi primo asintió con la cabeza y luego señaló al poniente diciendo:

—Ira, primo, ahí viene un terregal. —Una enorme tormenta de arena se aproximaba amenazante. Tapó el sol, se hizo oscuro el día y le dije:

—Primo, ya te la sabes. ¡Arre! —Cada quien agarró una cobija para envolver la cabeza de su caballo. Luego cada uno se quitó su camisa para envolver su propia cabeza y abrazaba su caballo para tranquilizarlo. La arena, tierra y polvo se metían hasta dentro del cabello. Aun con la boca siempre cerrada podías probar el sabor de la tierra de Sayula, seca, amarga.

El vendaval enterregado duró unos veinte minutos. La verdad nos fue bien, aunque pereció una eternidad. Nos medio sacudimos, nos lavamos la cara y la de los caballos, pero el camino mal marcado ya se había borrado y tuvimos que seguir al tanteo varios kilómetros guiados por el sol y el paisaje de los cerros.

Pasamos por el camino a San José y sentimos que la misión estaba cumplida y el error del desvío subsanado. Le dije:

—Vamos a llegar a buena hora, primo.

Me respondió:

—Ey, ¿edá?

Más adelante, en un letrero de madera caído y roñido se alcanzaba a leer "Camellón de Teocuitatlán" y a unos pasos se distinguía un camellón abandonado y basuriento para entrar al mencionado pueblo.

Más delantito, otro letrero de lámina, viejo y oxidado pero en pie, decía: "Al centro" con una flecha apuntando a la izquierda. Y para allá seguimos.

Empezamos a oír agua corriendo y más adelante nos dimos cuenta de que había un arroyo de unos veinte metros de ancho con muy escaso caudal. Las márgenes estaban custodiadas con grandes y viejos mezquites retorcidos, así como piedras y piedrotas redondeadas de cualquier tamaño.

Se nos hizo extraño no ver a nadie ni a pie ni a caballo ni asomándose de alguna casa. Parecía un pueblo desolado, aunque había ropa colgada ondeándose como banderines, secándose en mecates amarrados de los mezquites a la margen del arroyo.

Nos topamos con un puente muy bonito, nuevecito, que tenía dos esculturas de ángeles, una de cada lado. Mi primo se detuvo un momento para sacudirse arena del pantalón, pero yo le seguí cruzando el puente y en cuanto lo hice entre los angelitos todo se tornó una bruma, y arriba de esta vi un arcoíris que conectaba los angelitos a ambos lados. Abajo de uno de ellos estaba sentada en la banqueta una viejita de chal morado con las piernas recogidas y la cabeza agachada, quizás una pordiosera, quien me dijo:

—Tenga cuidado y pase usted.

Un paso más adelante desaparecieron la bruma y el arcoíris. "Qué cosa tan extraña", pensé y ya no volteé a ver a mi primo ni a la viejita; total, ya habíamos llegado y él sabría preguntar dónde sería la reunión y llegaría fácil en ese pequeño y pobre pueblo. Por un segundo me pareció que el río corría hacia arriba: "Seguro es el reflejo de la luz", pensé.

No tardé en llegar a la explanada de la reunión. Por primera vez vi gente, eran muchas mujeres trabajando, barriendo, trapeando, montando las sillas, el estrado, el toldo. Todas andaban con ropa de trabajo, botas, overoles, cascos y sombreros… "Ah, caray", pensé, se veían hombrunas, de facciones afiladas, espaldas anchas, quijadas marcadas; guapetonas, pero sí hombrunas.

La explanada estaba rodeada de una gruesa capa de misteriosas y torcidas casuarinas, palmas y eucaliptos, todos inclinándose al poniente como si fueran débiles cañas dobladas haciendo reverencias.

En uno de esos árboles amarré a mi caballo y, sin pedir a nadie, muy amables le trajeron agua en un bote y a mí un jarrón de tuba. Di las gracias y dije:

—Seño, disculpe, buenas tardes, ¿falta mucho para que empiece el evento? —La jovencita me miró y rápido se dio la media vuelta en silencio. En eso se me acerca un tipo de aspecto asiático, vestido inmaculado de esmoquin con impecables zapatos de charol donde se reflejaba el cielo y las nubes, y me dijo:

—Bienvenido, licenciado, me imagino que viene a la reunión.

—Muchas gracias, muy amable. Dígame, ¿cómo sabe que soy licenciado?

—Es muy fácil, todos los que vienen a la reunión lo son.

Me pareció simpático el personaje y seguimos conversando relajadamente.

Le conté que yo tenía algunos años asistiendo a las reuniones en distintos pueblos y que iba de Iztatán, a lo cual el joven respondió:

—Licenciado, me sorprende lo que dice, yo vengo a las reuniones desde siempre y jamás había tenido el gusto de conocerlo. Además, le soy muy sincero, jamás había escuchado del municipio de Iztatán. Le ruego disculpe mi ignorancia, y para resarcir le ofrezco presentarlo con todos los munícipes y gobernadores de mi mayor confianza. Sin embargo, no dudo que usted ya conozca a todos ellos.

Pronto fue llegando mucha gente a la explanada, las trabajadoras ya habían terminado sus labores y se habían retirado muy discretamente. Creo que yo era el único de sombrero ranchero y el único medio enterregado. Todos los demás vestían impecables de esmoquin. No obstante, me trataban por igual. Tal vez yo no leí bien el código de vestuario de la invitación. A la fecha no lo sé, ni quiero averiguarlo.

Al poco rato se me acercó muy gentil un señor de edad, largo bigote blanco y sombrero de copa, quien con sutileza preparó el terreno para preguntarme de dónde era yo. Luego vino un gordo, un poco más bajito que yo, y se presentó con modo entre tosco y amable, y no queriendo, no queriendo, lo mismo me preguntó.

Esto está muy raro, no conozco a nadie y nadie me sabe decir de mis amigos los munícipes de Ocotlán y Poncitlán. Parece que ninguno entiende de Chapala ni dónde está, y eso sí que es muy extraño.

Para acabarla, a mi primo no lo veía por ninguna parte…

Me disculpé para ir a mis necesidades. La verdad solo quería desligarme del forzado y ofensivo interrogatorio. Me recargué atrás de un árbol donde escuché a unos diciendo: "Ese del sombrero enterregado está bien loco, dice que es de Iztatán", todos rieron. "Dice que está cerca de Ocotlán y Poncitlán", se doblaban de la risa. "Pobre loco, dice que es un presidente municipal de un pueblo que no existe", y más y más reían. "Alguien vaya al psiquiátrico para se lleven a este loco", y corrían los trineos de carcajadas.

Fácilmente había pasado una hora o más, en la que yo no encontraba mi lugar y no lograba reconocer a nadie, cuando por el portón principal entraron cinco enormes y robustas mujeres vestidas totalmente de blanco, la más alta y fornida lideraba por el centro.

De repente todo mundo guardó silencio y se hizo a un lado dejándome de pie y solo al centro del espacio abierto.

El corazón se me subió hasta la garganta.

Los caballeros abrieron paso a las cinco mujeres, quienes determinadamente se me acercaban caminando con firmeza a largas zancadas con sus zapatos blancos. Aunque traían esos gorritos ridículos de hospital parecían más bien soldados entrenados.

Sin pensar dos veces saqué mi revólver y les grité con todo mi coraje:

—¡Hora, palomas y pingüinos, o se me abren o se los quebra este gavilán! —Con la zurda sacaba del morralito y les aventaba los ates de guayaba para distraerlos, pero literalmente se hacían polvo en el aire antes de tocar a nadie. Pensaba: ¿Pero qué rayos es este lugar?".

Todos murmuraban sin moverse y, antes de que cantara un gallo, me fui derecho a mi caballo y luego volando al puente de los ángeles, donde, a pesar de que iba a prisa y con el corazón hasta las orejas, clarito vi a la vieja de chal morado que riéndose y tosiendo me gritó:

—¡Dile adiós al río Lerma! —Cuando todos sabemos que nuestro río está muy lejos de aquí.

Nadie me seguía, otra vez vi la bruma y el arcoíris, y en cuanto crucé ahí estaba mi primo otra vez sacudiéndose la arena.

—¡Arre, primo!, ¡vámonos de aquí! —le grité galopando.

—Pero, primo, ¡apenas llegamos!

—¡Hazme caso! ¡Nos tenemos que largar volando! ¡Nos van a linchar!

Mi primo se subió a su caballo y nos alejamos a todo galope del pueblo hechizado.

Andando a medias del desierto nos aseguramos de que nadie nos siguiera, paramos el galope y caminando a caballo me empecé a calmar, me fumé un cigarro y le conté al primo todo lo sucedido, y, mientras él me ofrecía cecina y tequila para calmarme, dijo:

—Primo, pero no es posible todo esto que me dices. Si apenas me había bajado del caballo y empezaba a sacudirme la tierra en el puente, cuando ya venías galopando de regreso.

—¡Te digo que estuve en la reunión al menos una hora! Bueno, pero ¿sí viste la bruma y el arcoíris que salía de los angelitos en el puente?

—¿La qué y el qué, primo? Ira, primo, yo creo algo te hizo mal el terregal. Mejor ya vámonos para Iztatán a que te dé consulta el Sabi y no le cuentes nada a naiden de lo que me acabas de platicar.

—Ta bueno, primo… —le dije—, pero esto ya me rebasó la capacidad, ya no quiero nunca volver a ser presidente municipal ni volver a salir de Iztatán.

Y el resto de su vida lo dedicó en hacer obras de bien para su querido Iztatán.

45

✦ ✡ 🐸 ☾

Agua de la fuente
Engañada

Avisaron a todo el pueblo que por tres días darían mantenimiento a las bombas de los pozos de agua potable. Pidieron que mientras tanto fuéramos a las fuentes públicas por agua. Dijeron que era agua del río Lerma y que la habían tratado para consumo.

A principios de marzo, si te sales al sol te acaloras pronto, la sombra es muy agradable y la brisa es fresca.

Fui con mis amigos a pie a ver las alpacas, andábamos todos acalorados y de regreso nos dirigimos a una fuente a tomar agua. Me supo distinto, como a lirios o algas, y estaba muy fría, tanto que me cayó pesada y de golpe en el estómago. Llegué a casa empachada… Ufff… Hasta me mareé un poco. Al contrario del estómago, yo me sentía muy ligera, más que de costumbre, y algo somnolienta.

Empecé a ver todo ligeramente en tonos de jade y turmalina pálidos. Pensé que seguramente era porque ya estaba cayendo el sol.

Decidí leer un poco antes de hacerse de noche. Tomé mi libro favorito: *Leyendas Mexicanas Fantásticas*, al momento de tocarlo se embarró de un tipo de diamantina vaporosa y de colores. ¿De dónde rayos saldría esa cosa? No recuerdo haber tocado nada con brillantina y menos de ese tipo. Quizás alguien había tomado mi libro prestado... En fin, me apoyé en la silla para sentarme y de nuevo: blim, blim, blim, que sale la brillantina vaporosa al tocar la silla. Definitivamente, era algo que provocaba mi mano derecha..., ¿y la izquierda también? A ver... Toqué la mesa con la izquierda y va de nuevo: blim, blim, blim, que sale el vaporcito colorido de brillantinas. ¿Qué me estaba pasando? ¿Y por qué todo se veía en tonos verdes, excepto los colores de la dichosa brillantina?

Claro que no pude leer, al tocar cada página salía de nuevo el vapor ese colorido y no me dejaba ver nada...

Aunque era temprano, ya pasaba de las seis y el Dr. Sabier ya habría cerrado, así que me resigné a irme a dormir. Quizás al siguiente día ya estaría todo bien.

Ya en cama, cada que me movía se iluminaba todo de colores al rozar mis manos con la cobija, las sábanas y la almohada, pero pude dormir.

♪ *Great Fairy Fountain, Kyle Landry*

A las siete de la mañana me levanté para lavarme la cara, tomar un café e irme al doctor. Al tocar el agua en la jofaina..., qué cosa más extraña sucedió: toda el agua se evaporó en brillantinas coloridas en un instante. Ni modo, como pude me arreglé el cabello con peinetas viendo cómo salían y salían brillantinas que se desvanecían en el aire... Ya terminando de arreglarme se me ocurrió buscar en el ropero unos guantes viejos que nunca uso. Cómo no lo pensé antes. Ya más o menos arreglada y un poco ridícula con guantes, como pude salí de casa para llegar al doctor.

La gente de la calle me miraba como loca... Si supieran, ustedes son los que se ven verdes.

Caminar izquierda, derecha, izquierda y cuatro calles para arriba, no sería muy larga la tortura.

Encontré la puerta del consultorio entreabierta y, para no correr riesgos, la abrí empujándola con el hombro.

Ya había gente, una viejecita muy fachosa de chal con lentejuelas y una señora con su niño temblando y bañado en sudor.

Salió el doctor mirando a ningún lado indicando con firmeza: "¡Siguiente paciente!". Y la señora del niño enfermo volteó a ver a la viejecita, quien le dijo:

—Pase usted, lo mío no es urgente. —La señora cargó a su niño, se metió a consulta y se hizo un silencio incómodo en la salita de espera entre la viejecita y yo.

—¿Qué tienes? —me preguntó la viejita.

—Nada.

—¿Te quemaste o te raspaste tus manos? —agregó viendo mis guantes.

—No, no, es otra cosa.

—Pos qué bonitos tus guantes.

En silencio yo le hice cara de gracias (muy a fuerzas) y por otro buen rato no hablamos.

Parece que el niño no estaba nada bien, porque cómo tardaba el doctor en salir…

Qué incómodo rato volteando a todos lados para evitar los ojos de la viejita metiche.

Tomé una revista, pero no la pude hojear, los guantes eran muy suaves y el papel se me deslizaba. Enfadada, la puse de regreso en el revistero. La viejecita se cubrió la risa de lo sucedido con su extraño chal de lentejuelas y cascabeles. Lo cierto es que ella se veía mucho más ridícula que yo.

—Yo creo que ya va a salir el doctor —comentó para aligerar el momento y continuó—: ¿Quieres pasar tú primero? Lo mío no es urgente y no tengo nada que hacer.

—Sí, muchas gracias, muy amable —contesté.

En ese momento salió la señora con su hijo ya mejoradito y sin sudar diciendo:

—Muchas gracias, doctor.

Sabier le contestó como siempre directo y autoritario:

—Señora, cuide que Juanito ya no cene tantos frijoles.

Juanito se salió primero del consultorio y distraído casi choca de frente con Espiridión, quien le dijo:

—¡Yepa, yepa!, ¡no me pises, grandulón!

Juanito contestó

—¡Quihubo, chaparrito! —A ambos se les hizo muy chistoso y soltaron carcajada preguntándose dónde se habían visto antes.

En el consultorio, Sabi continuó viendo a ningún lado ordenando enérgicamente: "¡Siguiente paciente!", como si le hablara a una muchedumbre.

Intercambié una rápida mirada con la viejita rara para verificar su ofrecimiento y me pasé a consulta.

—Dígame qué síntomas tiene —me ordenó rápido el doctor antes de que ninguno se sentara.

—Sabi, que diga, doctor, me sale brillantina de las manos en cuanto toco algo.

—¡Ja! ¡Gilipollas! Quítese los guantes.

Obedecí y, al sacar las manos de su suave y viejo envoltorio, salió una buena bocanada del vaporcillo resplandibrillante y coloripondio.

—¡Mire, doctor! —Puso cara de sorprendido y aún más cuando vio mis manos limpias tocando el escritorio y salpicando colorines y chispitas vaporeantes.

—A ver. A ver. Calma, señorita. Levántese al lavabo y tállese bien las manos con este jabón.

—Sí, pero venga y mire lo que le sucede al agua.

Sabier fue testigo de cómo el agua se evaporaba en centellitas de arcoíris sin poder mojar mis manos para tallarlas con jabón. Cerró la llave del agua, apretó los labios y dijo:

—Hmm. Venga. —Me indicó tocar cosas hechas con distintos materiales: madera, vidrio, hule, mastique de la ventana, acero, bronce y distintas telas, pero el resultado era el mismo, chispas vaporosas de color. Por último, me indicó soplar fuerte en una mano, lo que provocó que por un instante se llenara el consultorio de las extrañas partículas brillantes y desvanecientes. Hasta el aire hacía reacción—. ¿Siente algún malestar o irregularidad? —me preguntó.

—No, ninguno. Pero veo todo verde, excepto las chispas de color.

—Comprendo. Póngase los guantes y vuelva mañana a esta misma hora.

—Pero ¿qué me sucede, doctor? —Se levantó para abrirme la puerta y dijo:

—Por el momento, nada urgente, según parece. Vuelva mañana para ver la evolución.

Creo que Sabi me estaba pidiendo tiempo para investigar lo que me sucedía. Al poner yo un pie fuera de la consulta, dio su acostumbrado llamado: "¡Siguiente paciente!".

La viejecita ya no estaba en la sala de espera.

Sabi tenía tanta seguridad al hablar que me fui caminando a casa ya más tranquila y distraída.

Sin acostumbrarme a ver todo verde, di vuelta en un callejón y ¡qué susto me dio la viejecita que me topé de frente!

—Hola de nuevo. ¿Todo bien? —dijo ella con aliento a rompope.

—Sí, señora, gracias, con permiso, me equivoqué de calle.

—¿Será porque ves todo verde?

—¿Cómo lo supo? ¿Escuchó mi consulta?

—Claro que no. Tú sabes bien que cuando el doctor cierra la puerta no sale ningún sonido.

—Entonces, ¿cómo lo sabe?

—Pues es una corta historia, mira, hace muchos años fui niña y mis papás me llevaron a jugar al río, corrí mucho, me dio sed y tomé agua del río; había unas hierbitas con flores verdes y algunos lirios de colores; me supo muy fresca el agua pero algo enhierbadita y me cayó muy pesada en el estómago. Unas horas más tarde, veía todo verde y, cuando mis manos tocaban algo, lo que fuera, aparecían chisperetas vaporeantes y coloríficas. Yo creo que eso te pasa a ti, porque eres la única persona en Iztatán que usa guantes en pleno marzo.

—Bueno, pero ¿y usted sabe de algún remedio?

—Muchos años de mi vida usé guantes y los extraño…, los tuyos son muy bonitos. Si te doy un remedio, ¿me los regalas? —dijo apenas rozando mi guante derecho.

—Claro que sí, señora. ¿Cuál es el remedio?

Metió una mano a su morral negro y por poco saca una botella de azul de tequila.

—Uy, esta no es —dijo aprovechando para aventarse un sendo alipús. Luego extrajo un frasquito ámbar de cristal con tapa roja y me dijo—: Este remedio me tomó muchísimos años prepararlo. Abre la boca, te daré una sola gota para que ya te puedas quitar los guantes. —Obedecí y me pude quitar los guantes de inmediato sin que mis manos sacaran una sola chispa de color. Estaba muy feliz. Luego la viejita de chal morado me dijo—: —Cuando llegues a casa toma el recipiente más grande que tengas y llénalo de agua. Luego pon una sola gota del remedio y toma un sorbo de esa agua cada dos o tres días. Este frasquito te debe durar toda la vida. Cuídalo.

—Muchas gracias, señora. ¿Qué más le debo por el remedio?

—Solo tus lindos guantes, mi niña. Tus guantes y asegúrame que ya no ves en color verde.

—¡Es cierto! ¡Lo había olvidado! ¡Ya veo bien a colores! ¡Gracias!

—Me da mucho gusto. Dame mis guantes, ya me voy.

Le extendí mi mano con los guantes, aún volteando a ver el cielo azul, pero cuando bajé la mirada para decirle adiós, la linda viejecita ya no estaba.

Al día siguiente volví temprano con Sabi. Le expliqué que ya estaba bien, incluso de la vista, me revisó mis manos y dijo abriendo la puerta:

—¡Hmm! Vuelva si se presentan los síntomas de nuevo. ¡Siguiente paciente!

Le respondí:

—Doctor, ¿usted sabe cómo se llama la viejecita que estaba aquí ayer temprano?

—No vi a ninguna viejecita. ¡Siguiente paciente! —exclamó a la diminuta sala de espera sin mirar a ningún lado.

Y, colorines vaporosos colorados, este relato se desvanece y se ha terminado.

¡Siguiente!

46

✦ ✡ 🐸 ☾

Un pato

Esa noche me cené unas ocho enchiladas de pollo con mucha lechuga y salsa. No había comido por andar jugando futbol todo el día. Me tomé fácilmente unos dos litros de agua de horchata. Siempre que nos hacían una cena especial era porque nos darían algún anuncio, y qué bueno porque cómo aproveché.

Al día siguiente nos llevaron al museo regional de Guadalajara. Salimos temprano de Iztatán en tren. Luego hicimos una larga caminata al Mercado de San Juan de Dios, nos sentaron en largas y estrechas mesas con bancas donde nos dieron huevo revuelto con chorizo, frijoles, birote y chocomil. Quedamos a reventar.

De ahí con la panza llena caminamos de subida hasta el museo.

Entramos con boletos pagados por la embajadora y todos los que íbamos, chicos, grandes y hasta las hermanas que nos cuidaban hicimos urgente fila afuera de los baños.

Ya tranquilo el grupo y con calma en el patio central, una de las hermanas tomó liderazgo y repitió las mismas indicaciones estrictas para comportarnos que nos habían ordenado la noche anterior. A los mayores como yo nos dieron manga un poco más ancha y solo nos señalaron estar en el patio a la una de la tarde para ir a comer.

Le di una vuelta rápida al museo y lo que recuerdo que más me llamó la atención fueron los huesos del mamut. Terminé el recorrido yo creo que antes de las once y luego luego me vino a la mente "Guadalajara es tuya", y que me arranco para afuera a conocer más de la ciudad. Quería ver el teatro Degollado, la Catedral y la Plaza de Armas, y, si me alcanzaba el tiempo, incluso darme una vuelta al hospicio Cabañas.

Salí brincando de gusto, lleno de energía y alegría, me sentía sumamente libre en esa enorme ciudad.

Entré a la Catedral a persinarme, me pareció enorme pero aburrida y me fui volando al teatro.

♫ *O Pato, Natalia Lafourcade*

Me llamó la atención un pato vivo que un muchacho como de mi edad llevaba cargando en una canasta. Me acerqué a acariciar al blanco animalito y, justo cuando el joven me gritó "¡Cuidado!", el pato me prensó un dedo que me dejó hinchado, raspado y con un poco de sangre. ¡Ah, qué mordidón me puso el condenado animal! Y el muchacho ahogado de risa como pudo me dijo:

—Lávese pronto con jabón, no vaya a ser que se le pegue.

No entendí por qué o qué me quería decir. Con mi camisa le di un pasón con cuidado a la heridita. Se me pasó rápido el susto y seguí tan alegre a ver el teatro. Me empezaron a dar ganas de volar. ¡Hasta sentía que me salían plumas! Y la gente en la calle se me empezó a quedar mirando. Yo pensaba que seguro no habían visto un chamaco tan alegre como yo.

Unos pasos más adelante sentí que la boca se me endurecía, la tenté con mis manos y… ¡qué susto me llevé! ¡Me estaba saliendo un pico!, ¡un pico de pato!

¡Para colmo se me cayeron los pantalones y los calzones! Dios, ¡¿qué me está pasando?! ¡Estaba paralizado de miedo! ¡Se me hinchó el pecho!, ¡se me encogieron las piernas y todo! ¡Me estaba convirtiendo en un pato y la gente de la calle como si nada!

Empecé a querer gritar: "¡Auxilio! ¡Ayuda!", pero todo lo que escuchaba era "¡cuac, cuac, cuac, cuac!".

Más gritaba "Auxilio" y solo se escuchaba "cuac, cuac, cuac…". ¿Y ahora qué voy a hacer? ¿Cómo me van a reconocer? ¿Me irán a comer? ¿Quién me podrá ayudar?...

Asustado, desconsolado, impactado y tremendamente atarantado me encontraba cuando sentí que algo muy fuerte me agitaba y me gritaba:

—¡Espiri, ya levántate!, ¡ya es hora!

Eran mis amigos que me despertaban de mi pesadilla. "¡A Dios gracias!". Ahora sí ya era la hora de irnos al tren para ir al museo. Yo estaba empapado de sudor por el susto mientras mis amigos reían haciendo:

—Cuac, cuac, cuac, así andabas soñando, Espiridión, cuac, cuac, cuac —y reían y reían, y me empecé a reír con mis amigos mientras agitábamos los brazos como alas de patos.

Luego, tal como se había planeado, nos llevaron al tren y a desayunar al Mercado de San Juan, donde, ¡oh, sorpresa!, nos sentaron en largas mesas con bancas y nos dieron huevos revueltos con chorizo, frijoles, birote y chocomil. Yo solo me tomé el chocomil, ya sabía cómo estarían los baños después.

Saliendo de ahí no me volví a separar del grupo y la pasamos muy bien. Total, ya habría tiempo de conocer la gran ciudad después y sin acercarme a ningún animalito embrujado.

47

🐸 🐸 🐸 🐸

Viaje del embajador a un lugar desolado

♫ *The Departure, Michael Nyman*

Unos días pasaron desde la última vez en que Sabier salió de la embajada, pero ya no tuve más noticias de él. Los guardias ya habían regresado y me dijeron que había caído un tormentón tremendo por allá, que parecía como que se estaba llenando de agua ese lugar.

Envié un telegrama, pero no hubo respuesta alguna; tal vez estaban incomunicados.

Decidí ir personalmente y les pedí a los guardias que me acompañaran. El tren nos dejó lejos porque las vías estaban intransitables: repletas de lodo, troncos, ramas y escombros. Incluso de ahí mismo se tuvo que regresar la máquina con todo y vagones a la ciudad.

En el agua vimos un sinfín de objetos flotando entre las ramas, cajones de madera, guajes, puertas de casas y de corrales, papeles, basura y muchas cosas más; señales de la gran devastación. Ningún techo ni chimenea del caserío que había antes, sobresalía de la desastrosa superficie. Parecía que jamás había habido un pueblo en ese lugar a no ser por algunas lanchas dispersas, unas medio hundidas asomando tan sólo una parte. Otras se veían muy golpeadas a la orilla del nuevo estero, esas estaban llenas de agua, ramas y escombros. El paisaje era impactante y desolador. Hasta el rumor del viento lo decía: " Aquí ya nadie vivirá jamás".

♫ *Opening Titles, The Cinematic Orchestra*

No sabíamos si las lanchas de la orilla aún podían flotar, así que decidimos voltear la que se veía en mejor estado para sacarle el agua y los cascajos que traía adentro. Recuerdo cuál lancha era porque tenía una brillante banderita italiana de cerámica con un reluciente número 57 en la punta. Debió haber sido muy bonita, nunca había visto una igual. La lancha estaba demasiado pesada, así que como pudimos a mano y con los remos, le fuimos vaciando la suficiente agua para poderla voltear para sacar el resto del agua. Los guardias casi no me permitían colaborar, pero yo les decía que no me importaba mojarme ni ensuciarme. Terminado el trabajo pusimos la lancha a prueba, no tuvo filtraciones y nos subimos a remar.

Apenas se reconocía el paisaje por algunos árboles que se resistieron y quedaron en pie, orgullosos y tristes. A lo lejos, en una loma convertida en islote, sobresalía un templecito que no hacía mucho habían construido. Lo único vivo en ese pantanal eran unos raros animales de corral al lado de la capillita esa, así que fuimos a rescatarlos esperando encontrar más señales de vida, remando por la nueva ciénega. Los animales resultaron ser dóciles y aunque se veían muy asustados entendían que veníamos a rescatarlos. Uno de nosotros se quedó dentro de la lancha para poder sujetar a cada animal al irse subiendo, y los otros dos nos bajamos para guiarlos a treparse a la chalupa.

A medias de la sanfrancia el guardia chaparro que estaba arriba del bote gritó muy fuerte:

—¡Niñaaaa, 'pérese ahí! ¡Horita vamos por usté! —y continuó — ¡Patrón, ire, le juro que a esa niña la subió al mezquite algo raro como un pescado morado con brazos! ¡Vamos a ayudarla!

Vimos que la niña volteó a vernos, y en lo que rápidamente amarramos los animales, empezó a caminar. Para cuando pudimos comenzar a remar nos dimos cuenta de que más adelante estaba obstruido el paso por grandes árboles caídos. La niña continuaba caminando alejándose de nosotros, y al parecer atravesando un lodazal. Nunca nos contestó y además de ella, no encontramos a nadie ni nada más con vida. Remamos todo lo que pudimos hacia la laguna de Chapala, siguiendo la corriente del río Lerma. Tantito antes de la hacienda La Bella Cristina nos bajamos y nos fuimos a pie a Jamay, donde envié un telegrama. Nos subimos a un tren de carga para regresar a la ciudad con todo y animales. La calma y serenidad con la que tomamos todo lo presenciado hablaba bien de nuestro temple, o tal vez mal de nuestro estado de conmoción.

En la estación de la ciudad nos estaba esperando el primer ministro con una comitiva asignada para resguardar a los dóciles animalitos.

Les dí el día libre a los guardias y pasé los pormenores de lo visto a la autoridad. Encargué que especialmente se buscara a mi amigo Sabier y a las hermanas y niños de la casa hogar, quienes pronto fueron localizados con bien en Poncitlán.

A los pocos días después nos reencontramos Sabier y yo. Aunque él decía haberme contado todo lo sucedido yo noté en sus ojos una profunda tristeza. Sabía que él se guardaba algo y que jamás me lo diría. Para aligerar la plática le comenté del pescado morado que el guardia chaparro juraba haber visto, y los dos echamos una buena risotada y tres tequilas.

48

✦ 🐸

Galletas Melinda

♫ *Silent Night, Franz Xaver Gruber, Ola Gjeilo*

Qué ricas galletas de canela hace la hermana Melinda. Yo creo ella anda en los 57 años, es de cabello quebrado y entrecano, regordeta, inquieta, sonriente, muy trabajadora y diario anda en huaraches con calcetines floreados y afelpados. Tiene un modo para hacer las galletas que solo ella sabe y no permite que le ayuden porque, según dice ella: "No le quedarán igual".

Una vez que tiene todos los ingredientes y empieza, bueno, trabaja que parece una máquina de alta precisión. Eso sí, ninguna galleta le queda nunca con la misma forma o grosor. Por sus ingredientes y modo de preparación parece algo imposible. Por el contrario, la cocción siempre es perfecta y homogénea. ¿Cómo le hace para saber el tiempo exacto para hornear? Si llueve y está húmedo, si hace mucho calor o frío, no importa, siempre le salen parejitas parejitas de color morenas y nunca se le queman. La textura no tiene igual, son galletas que crujen, pero también tienen partes blanditas. Las muerdes y te traes todo el pedazo o tal vez te encuentras una hebrita de canela y le tienes que morder un poco más. Como te cambia la experiencia cuando encuentras una hebrita de esas, como que explota todo el sabor y hasta te hace recordar la Navidad, las posadas y las fogatas que prendíamos de chiquillos en el empedrado.

"Galletas que traen Navidad", así las deberían llamar, aunque las mentes obvias pensaran que traen regalo, pero ¿qué mejor regalo que recordar la Navidad?

Qué generosas son las hermanas de Iztatán que cada 16 de diciembre abren sus puertas al patio central por la noche, prenden antorchas y ponen largas mesas en donde ofrecen sin costo su repostería, fritangas y diversas manualidades. También hacen una pequeña pero muy tierna pastorela con los chiquillos que ellas cuidan. No falta quién la haga de san José, un borriquito, un rey mago, pastores y demás personajes.

Ponen un gran pino al centro del patio, que la verdad no adornan bonito y, aunque da un olor agradable, siempre les queda trespeleque, escaso de adornos. ¡Ah, cómo me da risa cuando alguien se los chulea!: "Qué bonito les quedó el árbol", dicen algunos aguda y melodiosamente, será por los regalos y juguetes que la gente va dejando alrededor. Ahí les puse un carrito que hice con pedazos de madera, lo pinté de rojo con llantas negras y le amarré un mecate. A ver si algún chiquillo le echa el ojo para jugar a los bomberos.

Huele al pino ese y al aceite de las fritangas, huele al humo de las antorchas y a la leña quemada de los otates, a pan y galletas recién horneadas, a humedad y frío del campo, a gente perfumada y a veces a chiquillos apestosos que pasan sudados corriendo por un lado.

De tantos años de ir a la posada de la casa hogar, la verdad ya no me fijo en muchos detalles, es bonito el evento, pero siempre es más o menos lo mismo y yo me voy directo a la mesa de la hermana Melinda y me atiborro de galletas cuando se distraen. Por supuesto que se terminan dando cuenta, pero no me dicen nada, en cambio me regalan una bolsita con cuatro galletas y una sonrisa como queriendo decir: "Ya fueron demasiadas, oiga". Claro que yo coopero como todos los que ahí comemos o bebemos algo, aunque también hay gente que ni come ni bebe y de todas maneras contribuye.

Ya que me llené de galletas, paseo un rato más en el gran patio, miro cómo rompen las piñatas y se avientan los niños para arrebatarse las mandarinas y las jícamas. Salen más caros los remiendos de los pantalones rotos que la fruta. Todo sea por un momento de ilusión navideña.

Veo a la gente haciendo fila para los tamales con atole y las fritangas, que son riquísimas, hay otra fila para el chocolate, ponche y las aguas frescas, y otra más para buñuelos frescos y panqué que ahí hornean. Lo que sea de cada quien la verdad esas mujeres son muy hábiles y muy bien hechas, pero si me dan a escoger algo de lo que preparan, me quedo para siempre con las galletas de Melinda.

La posada termina temprano y los chiquillos enterregados, sudados y felices de tanto jugar. Los visitantes salimos como a las nueve de la noche, muy despacio por el patio, nos vamos despidiendo mesa por mesa, gente por gente, así como no queriendo irnos, y ya afuera nos vamos desbalagando despacito por las calles, cada quien para su casa, subiendo y moviendo una mano y diciendo adiós con mucho cariño, hasta inclinando un poco la cabeza con cariño, como si ya nos extrañáramos, como si fuera a pasar mucho tiempo antes de volvernos a ver en este diminuto pueblecito.

Al caminar, vamos desperdigando la nostalgia navideña por las calles escasamente adornadas.

Sin querer te hace sonreír ver a cuatro mujeres saliendo de la posada, caminando por la calle, haciendo más amistad, estando igual de embarazadas y siendo tan distintas, una esposa de un doctor, la otra de un coronel, otra de un huérfano agricultor y la otra, la mía, mi vieja. Las cuatro, relucientes, felices, igual de panzonas.

No cabe duda de que la posada de la casa hogar es como volver a tu propia casa. Es un lugar y un evento que unen a la gente del pueblo y la convierten en familia… Al menos por unas cuantas horas se unen las almas y vivir en Iztatán cobra mayor sentido.

Yendo a pie a través del frío, con mis manos en las bolsas y mirando abajo al empedrado, hago un recuento de esta cálida noche. Aún traigo el sabor de las galletas. Siento cómo sonríe mi cara… y siento que ya llegó la Navidad.

—Mira, papá, te trajimos más galletas —me dijeron Emilia y Juan tomándome las manos y con una sonrisa llena de amor.

49

Contratado

Recién regresaba al hotel de haber dado un pequeño paseo a pie por el malecón y el centro de Chapala, tomé unas fotos del kiosco, las lanchas, la laguna, el templo de san Francisco y los turistas despistados. También había aprovechado para preguntar por la famosa fábrica de chiclosos de leche, a tan solo media cuadra del hotel, donde compré dos bolsitas, una ya la traía en la boca y había abierto la segunda cuando al entrar al hotel me dijeron en la recepción:

—Sr. Dorantes, don Joaquín, llegó una carta para usted.

No pude decir "gracias" por traer la boca llena de chiclosos, pero hice un ademán de agradecimiento que me distrajo y me hizo tropezar al ofrecerles dulces de la última bolsa que me quedaba abierta. Todos los chiclosos cayeron al suelo y los dos muchachos de la recepción se acomidieron a darme una mano y preguntarme si yo estaba bien. La verdad me estaba casi atragantando de tanto chicloso y no pude más que a señas responder que estaba bien para poder tomar la carta que decía en el sobre:

Lic. José Joaquín Dorantes Valdez
Hotel Nido
Priv. Francisco I. Madero, 57, Chapala.

De inmediato la abrí para leerla al mismo tiempo que los muchachos me insistían: —¿Está usted bien, don Joaquín?

Al intentar responderles "sí, muchas gracias", se me estiló la baba pegajosa color chicloso y la carta se ensució. Poco me importó el tiradero de dulces en el piso de la recepción y volando trepé las escaleras a mi cuarto para lavar la carta con mucho cuidado. El papel se desbarataba, pero antes de hacerlo pedazos alcancé a leer:

Estimado Joaquín:

A una semana de que saliste intempestivamente de Guadalajara a Iztatán, finalmente puedo dar acuse de recibido a la propuesta de trabajo que nos hiciste favor de enviar.

Antes que nada, todos en la redacción te mandamos un cordial saludo deseándote la mejor de las suertes en tus nuevos propósitos.

Te extrañamos y recibimos con mucho agrado tu idea de enviarnos fotografías y textos que las acompañen para amenizar aún más a los lectores de Nuestro Tiempo.

El relato de "La lancha 57" que nos mandaste como ejemplo, lo leímos con ansias y de inmediato dimos visto bueno para publicarlo. Aunque no nos quedó claro cómo es que supiste del destino final de la embarcación, lo importante que sí es claro es que agradó mucho a nuestros lectores.

Si te parece bien y nos continúas enviando tus fotos y redacciones como la de Batopilas o este otro de "La lancha 57", tu paga seguirá siendo la misma, y por favor mándame las facturas de hoteles y alguno que otro desayuno para que te lo pague el periódico. El transporte correrá por tu cuenta. ¿Te parece bien?

Quedo en espera de tu respuesta.

Afectuosamente,

Lic. Leopoldo de la Fuente y Fuente
Director de Redacción
Periódico Nuestro Tiempo
C. c. p.: Recursos Humanos

Me puse muy feliz, jamás pensé en tener un patrocinador tan generoso.

También me relajé porque me había quitado un enorme peso de encima por lograr la solvencia necesaria para seguir buscando a Ofelia, y porque al fin había terminado de comerme los chiclosos.

50

✦ ✡ 🐸 ☾

Huracán y romance

Esta carta la escribió Querencio para su esposa Atalancia. Él la traía consigo y pensaba entregársela a ella al terminar la famosa batalla del tren en Iztatán. De alguna manera, después de que volcara el tren, la carta voló por el campo y fue encontrada mucho tiempo después en el camino de Iztatán a Poncitlán por las tres hermanas Tina, Toña y Tania un día que salieron a comprar picones.

♫ *Waves And Piano, Cozy Sounds For Sleep*

Ata:

Si lees esta carta es que ya llegamos, o al menos tú llegaste a Iztatán.
    Ayer nos dijeron que estamos a punto de que entre la tormenta tropical Pa-mela. Después de varios días de esplendoroso sol y excelente clima, pareciera que

un lento y pesado atardecer se avecinara para durar varios días inmersos en espesos y negros nubarrones, lluvia incesante y aburrimiento eterno en el cuartel.

Hay mucha información dispar. No sabes si lo que hoy publicaron en Nuestro Tiempo lo escribieron ayer o cuándo. Algunos están seguros de que el huracán se ha disipado, otros no opinan lo mismo. La única coincidencia es que la máxima fuerza pegará más al sur por La Manzanilla, que es la playa más cercana a Iztatán en línea recta.

Ahí en esa playa anduvimos con la bola hace meses y estando solo escribí tu nombre una mañana en la arena oscura y plana. Una ola muy pronto lo borró, pero he escuchado que el agua tiene memoria y se contagia, por ello estoy seguro de que todo el mar sabe de mi añoranza y sabe de ti, y para mí está bien, porque mi sentimiento es así de grande.

Los troncos y cocos que llegan al mar por los ríos también se enteran al impregnarse con el agua salada, y para mí también está bien, aunque al tiempo se desbaraten, hundan y disuelvan, en el agua formarán una sola cosa y así será por siempre.

Tu Querencio

Tina, Toña y Tania prometieron guardar secreto entre ellas y entregar esta carta a su destinataria.

Lo lograron.

51

Historia del castillito
rumbo al Tapatío

En tiempos del virreinato español en México, el archiduque de Tallin, Reginald Botti John, fue convidado entre otros grandes personajes a un día de campo en el Cerro del Tapatío, muy afuera de la capital de nuestro país independiente, Jalisco.

El archiduque había escapado a una tremenda revuelta social en su ciudad y llegó a refugiarse en nuestra Guadalajara, de la cual se enamoró llevando una vida eminentemente social y, por muy poco decir, bastante relajada.

El archiduque talinés agarró tremenda borrachera en el día de campo y pidió ayuda para subir al podio a pronunciar unas palabras en su extranjero y mocho español:

—Estoy muy enamoradous de la vida gracias a este Guadalajara, la más hermosa ciudadanía del mundial. Tiener todos las tapatíos la gran dichas de pertenecer a una sociedad ampliamente llenerosas. No puedo estar más agradecidos con todes ustedas y prometou poner mis granos de arenas. Ofrezcou construir en este mismo lugar, un retebonitou castillou a la uzansa de mi querida Tallin. Aquí se celebrararán todos los años las mejores fiestas por mi eterna gratitud. Es una sorpresa, que diga, promesa.

Todos dijeron "salud, gracias" y se rieron un poco aplaudiendo la puntada y el atrevimiento del emocionado personaje.

Reginaldo se encontró con muchos obstáculos para la construcción del castillo. Nadie quería vender sus tierras en el mencionado cerro y menos las querían donar.

Por fin el primer ministro se apiadó de él y le consiguió un terrenito en donación para su capricho.

El proyecto original era de 57 hectáreas. Pensó el talinés: "¿Y ahora? ¿Qué hacer en tan diminutou lotecitou? ¿Fiestas infantiles acasou?".

Bueno, la última alternativa no le pareció tan mal y así terminó el castillo para fiestecitas a cambio del pomposo proyecto original.

Al pasar los años se le pasó la frustración y cayó por fin en sus cabales. El proyecto original no solo lo hubiera dejado en la ruina, sino en total ridículo porque no lo hubiera podido terminar con sus propios recursos. El castillito, en cambio, dio felicidad por muchos años a los niños.

Reportaje e investigación de Joaquín Dorantes para Nuestro Tiempo.

52

🐸 ⚜

Quizás me extrañas

Correspondencia privada de Joaquín Dorantes.

Amada Ofelia:

Sé de más las implicaciones de que no me conozcas y también sé lo mucho y seguido que viajarás por tu nuevo trabajo como auxiliar de coordinación escolar.

Ignoras que yo te he seguido desde que saliste de Guadalajara a Iztatán y no porque me esconda de ti; al contrario, desde que te empecé a buscar, la fortuna no me ha favorecido. Incluso hemos estado a no más de un metro de distancia, pero me ha sido imposible presentarme y no por falta de valor o de ganas que me sobran, no, sino por razones muy lejanas a mi control.

Hasta hoy me enteré de que tienes días de haber salido de Chapala y yo apenas he llegado.

Amada Ofelia, quiero pensar que, a veces, quizás me extrañas, me ilusiona imaginarlo mientras sueño que estás frente a una hermosa cañada viendo el atardecer románticamente pensando en mí o tal vez algo tan simple como que estás cerrando la puerta de la habitación donde te hospedas y, por un segundo, viendo tu mano en la manija, me atravieso por tus pensamientos.

También pudiera ser que cuando tus pequeños alumnos están en silencio me extrañes o incluso cuando están incontrolables.

Quizás me extrañas aún sin saber quién soy, como una intuición espiritual que te lleva a sentir que te falta algo importante incluso cuando paseas en bicicleta.

Quizás me extrañas cuando te pones tus zapatos, el izquierdo al menos, que a mí siempre me toma un poco más de tiempo.

Quizás paso por tu pensamiento cuando despiertas y sonríes, o cuando tomas tu primer sorbo de café o por la noche en tus sueños o cuando subes al tren sujeta del barandal o cuando por fin dejas tu maleta en su nuevo destino y te tomas tres minutos para descansar sobre la cama viendo el techo.

O quizás así te extraño yo a ti.

Joaquín

53

☪

Fiesta en La Florida

La hacienda La Florida lucía más esplendorosa que nunca con sus muchas, largas y elegantes palmeras, floreados jardines cuidadísimos y todo lo imaginable excelentemente dispuesto para el gran festín.

—¡Mujer! Qué bueno que ya llegaste —dijo don Héctor al abrazar a su Adelfina que apenas bajaba del carruaje—. Aún no llegan don Porfirio, doña Carmen ni el primer ministro. Ven. Acompáñame. Pasemos a saludar. Mira, don Manuel Cuesta.

—Buenas tardes, don Manuel.

—¡Bienvenidos, embajadores! Ja, ja, ja… Y qué gusto verlos aquí en su casa. Dispongan y acomódense donde quieran, que hoy es día de pura diversión. Ya no tarda en empezar la banda, el mariachi, los toros, también habrá jaripeo, peleas de gallos, bailables, y ya para la tarde a ver quién quiere cantar porque mi señora va a tocar el piano.

Muy agradecida la pareja disfrutó de la tarde como nunca.

—Héctor —dijo Adelfina—, me siento muy feliz, como si fuera mi cumpleaños.

—Qué bueno, Adelfina. ¿Te acompaño a comer algo? Hay muchísima comida.

—No, Héctor, gracias, yo te acompaño a ti. Con el vaivén a las carreras que he traído aún siento el estómago indispuesto.

Adelfina y Carmen disfrutaron buenas horas de plática y risas. Adelfina le contó a Carmen lo fino, generoso y educado que era el presidente municipal de Iztatán justo cuando los acompañaba don Porfirio y el embajador, ahííííí como no queriendo la cosa, porque Adelfina sabía que un trato era un trato y, aunque el munícipe firmó todo a fuerzas, había que reconocer que hizo lo correcto y además, y casi nada, le había asegurado un lugar de descanso eterno a Adelfina.

Los caballeros no pudieron comportarse mejor, galantes, educados y ocurrentes para reír. Había churros, algodones, manzanas en caramelo, mazapanes y la lista más larga de golosinas para endulzar la vida. Había de todas las frutas y fritangas, chiles en nogada, pierna y lomo, pavo de varias maneras, res, lengua, tacos, pozole, verdolagas con espinazo y... Qué barbaridad, la lista no tenía fin. Jarrones de vidrio con muchos sabores de aguas frescas, tepache, tejuino y hasta tuba de bule traída el mismo día desde Colima en tren. Estaban todos los juegos de rancho y de feria. Globos y serpentinas. Cuánta alegría. Cuánto relajo y risas.

Y a Adelfina de por sí le dolía un poquito la panza, pero qué festín, qué alegres todos y corteses, amables y tan ligeros de risa. Qué tarde de ensueño más placentera. Ojalá y el tiempo se detuviera. Ojalá toda la vida fuera como este momento y sonriéramos y riéramos a carcajadas en sobrada plenitud de fiesta eterna. Todos elegantes, gentiles, decentes y atentos, y los indiscretos con todas las ganas de hacernos reír y reír.

—Héctor, ven, te quiero pedir una cosa.

—Lo que tú digas, dime, Adelfina.

Y se fueron a caminar entre las palmeras de la hacienda.

—Cuando yo me muera, quiero que me entierres en un lugar así, de feria alegre, y que me traigan flores blancas una vez al año. Ya escogí ante notario dónde será y aquí te lo indico en un papelito, toma. Pero no quiero que pongan ni una lápida ni nada y que las flores las tiren por todos lados del lugar. Será al lado de la casa de descanso. Ya arreglé todo hoy con el munícipe, él me ayudó.

—Todo se hará como tú digas, mujer, pero ¿por qué me lo dices hoy?

—Porque hoy se arregló todo y solo faltaba decírtelo a ti.

—¿Y si me muero yo primero, Adelfina?

—Dios no quiera pero haré como tú me indiques, mi amor.

El festín fue de lo más agradable, pero Adelfina así de firme en sus decisiones también era sentimental, de manera que, la verdad, fue el mal rato pasado con el munícipe lo que la dejó con el estómago batido y no tomó más que dos vasitos de agua natural durante todo el festejo. Por la noche se regresaron a su finca de la Av. Libertad en su carruaje, porque ya venía lleno el tren.

Adentro del carro, el Campa, muy considerado y amable, le había dejado la bolsa con tres picones, eran dos grandes y uno chico de pasas.

—Adelfina, no has comido nada —le dijo Héctor su esposo con amor—, ¿no se te antoja tan siquiera un pan?

—Pues ya que lo dices, ya me siento un poco mejor. —Escogió el picón chico, el de pasas y se lo acabó y gentilmente se durmió en el hombro de su esposo. Héctor no se movió y tampoco comió, venía demasiado lleno del gran festín.

Horas después llegaron a su casa de Los Abanicos, el carruaje entró y la servidumbre se dispuso en fila para ayudar.

—Adelfina, mujer, despierta, ya llegamos a Guadalajara. —La tocó en su mejilla, pero estaba muy fría, no respiraba…, ya había muerto.

Adelfina ya flotaba en el río Lerma, pacíficamente, feliz, y jugaría por siempre con todos los niños muertos huérfanos que tanto amaba.

—¡Campa, ven! —gritó don Héctor sin salir del carruaje, y, aún atarantado, ordenó—: Campa, dile a la servidumbre que no hay más que hacer, que la señora viene indispuesta y que ya se vayan a descansar y te me vienes para acá. —Campa despachó a la servidumbre y luego don Héctor le dijo—: Campa, ahora dile a Diego que se esté aquí en el carro al pendiente y luego te me vas a los telégrafos y le mandas uno al doctor Sabier para que se venga pero corriendo, y le dices que lo mando yo.

—Pero, don Heitor, si aquí cercas hay más dotores, ¿pa qué quiere uno de Iztatán?

—¡Que hagas lo que te digo, carajo!

—Sí, don Heitor, como usté mande.

—Cuando salgas dile a la servidumbre que no hable con nadie y que la señora está dormida y se acabó.

—Yo les digo, don Heitor, ya me voy.

—Ándale, vete, pero volando.

Luego luego llegó el chaparrito.

—Con cuidado, don Hetor, ¿le ayudo? ¿Le ayudo? —insistió el guardia.

—No, Diego. Yo puedo bien. Solo veme diciendo qué hay adelante para no tropezarme. La voy a llevar hasta a su habitación.

—¿Está bien doña Adelfina?

—Sí, no te preocupes, solo llegó muy cansada.

Héctor puso el cuerpo de Adelfina gentilmente en su cama y le acomodó sus brazos, su ropa y su peinado, y se sentó al lado a esperar a que llegara Sabi, perdón, el doctor Sabier de la BagazoUrdentistos ChírriberenaPérez.

Adelfina se veía de todos modos muy hermosa, como plena, como que se había llenado de toda la vida tan hermosa que tuvo y su piel brillaba como el primer día que llegó a Guadalajara. Héctor estaba muy atarantado, apenas podía pensar, quién mejor que Sabier tan prudente y buen amigo para orientarlo. "¿Qué pudo haber pasado?", se preguntaba. "¿Y ahora qué voy a hacer?". Abrió la puerta y gritó:

—¡Tráiganme un café!

—Se lo subo, don Hetor —dijo Guillermina.

—¡Guillermina, otro café! —Y así pasaron varios cafés hasta que llegó el doctor Sabier, tocó a la reja y salió Guillermina. Eran como las cinco y media de la mañana y solo ella estaba despierta.

—Soy el doctor Sabier de la BagazoUrdentistos ChírriberenaPérez y vengo por orden de mi amigo don Héctor, el embajador.

—Lo está esperando arriba, pase usted. ¿Le ofrezco un café?

—Primero la salud de los señores, ¿no cree usted?

Adentro de la casa, Sabi escuchó:

—Sabier, pásate, estamos acá arriba. Guillermina, es todo, gracias.

Ya en la habitación:

—Pero, Héctor, ¿qué tiene Adelfina?

—Sabier..., se nos fue.... Veníamos en el carruaje de la hacienda La Florida, yo pensé que estaba dormida, pero se nos fue y hasta que llegamos a casa me di cuenta.

—¿Qué quieres que haga?, ¿que la examine?, ¿quieres saber qué fue lo que le pasó?

—Sí, Sabier, no puede ser que se haya ido así nada más. Tú dime todo lo que necesites para conseguírtelo aquí en Guadalajara o donde sea.

El doctor Sabier hizo la autopsia y los análisis, revisó las ropas de Héctor, del Campa y hasta de Diego el chaparrito. Revisó todo el carruaje. Encontró los otros dos picones en su bolsa, ya estaban un poco duros, pero los analizó. No le faltó detalle, revisó todo con obsesión. Solo al primer ministro le reveló vagas sospechas pero nada en concreto. Un envenenamiento con cianuro a un personaje de la alta sociedad despertaría todo tipo de intrigas y sospechas, y, además, si Héctor se enteraba caería loco en paranoia con seguridad. El primer ministro prohibió al doctor Sabier revelar detalle alguno y también le ordenó seguir con su investigación hasta encontrar indicios.

Qué asunto tan delicado y qué reto tan importante tenía Sabier.

A ocho columnas, *Nuestro Tiempo* decía: "Fue un aire en el camino, le dio el cataflam".

Solo Héctor y el Campa supieron dónde quedó Adelfina en el maizal, al lado de la Casa de Descanso en Iztatán, donde se haría un parque, el parque La Embajadora.

54

✦ ✡ 🐸 ☪

Y nadie lo supo

♫ *Truman Sleeps - Long Version, Philip Glass, Valentina Lisitsa*
♫ *Private Investigations, Dire Straits*
♫ *Nightshelter, Ferdinand Martin*

Microscopios, cajas de petri, vasos de precipitados, matraces erlenmeyer y de fondo redondo, embudos de vidrio, desecadores, trompas de vacío, crisoles, cristalizadores y morteros y otras muchas cosas que no tengo idea como se llaman... La sala y el comedor del doctor Sabier de la BagazoUrdentistos ChírriberenaPérez se habían convertido en un laboratorio de análisis con las paredes repletas de papeles fijados con chinchetas.

"PROHIBIDA LA ENTRADA", decían dos letreros blancos con letras rojas, uno en la puerta de la cocina al comedor y otro en la puerta del recibidor a la sala. Sabier era de pocas palabras y nadie se atrevería a desobedecer sus instrucciones, ni siquiera su señora esposa.

En los meses subsecuentes al fallecimiento de la embajadora, Sabier se había obsesionado por completo en resolver el origen y los motivos de la terrible desgracia, así como en dar con los culpables. Fue más que de sobra que el mismo embajador le diera ese especial encargo al doctor. El sentido de compromiso personal a la gran dama impulsó a Sabier a realizar un esfuerzo fuera de serie que impresionaba a los mejores investigadores por su minuciosidad y riguroso apego a una metodología creada por él mismo.

Los hechos:
- Adelfina falleció de envenenamiento por cianuro en la noche saliendo de una comida en la hacienda La Florida, en Atequiza.
- Su esposo el embajador asegura que ella dijo solo haber tomado té y agua en compañía de doña Carmen, cosa que a él no le constaba, ya que no estuvo a su lado todo el tiempo y la comida ofrecida había sido más que vasta, generosa y variada.
- En palabras de su esposo el embajador, ella venía de realizar un arreglo con el presidente municipal de Iztatán, quien resultó ser el primer sospechoso.

He aquí por qué cuando a Sabier le preguntaron al final de su investigación si ya tenía alguna idea de quién fue responsable él contestó "No, no lo sé, y quizás nunca lo sabremos".

Primer paso: fundamentar o descartar la culpabilidad del primer sospechoso:

Ni el munícipe ni ninguno de sus compinches asistieron al evento en la hacienda La Florida ni tuvieron contacto físico con Adelfina durante su breve estadía en Iztatán antes del evento. Lo anterior, según testimonios de sus guardias Diego y Rodolfo Campamocho, quienes no la dejaron sola ni un segundo, e incluso tomando prudente distancia de ella durante el evento, no le apartaron la vista ni un momento.

Sospechoso descartado. No había más contrariedades. Adelfina era una mujer muy querida por toda la sociedad y ninguna de sus acciones denotaba que pudiera haber alguna persona en contra de ella.

Segundo paso: investigar con todos y cada uno de los proveedores de bebidas y alimentos del evento si acaso alguno hubiera estado en contacto con cianuro y específicamente del encontrado en Poncitlán. Este fue el mayor reto para Sabier, primero hacer una lista de todos los proveedores y posteriormente visitar uno por uno, así como a sus colaboradores y sus respectivos proveedores, una labor interminable y desesperanzadora que no brindaba fruto alguno a través del tiempo. Para hacer breve esta lista, entre otros muchos más alimentos, se ofrecieron churros, algodones, manzanas en caramelo, mazapanes y un sinfín de golosinas. Hubo de todas las frutas y fritangas, chiles en nogada, pierna y lomo, pavo de varias maneras, res, lengua, tacos, pozole, verdolagas con espinazo y... Qué barbaridad, la lista no tenía fin. Jarrones de vidrio con muchos sabores de aguas frescas, tepache, tejuino, pingüica, tamarindo, guanábana y hasta tuba de bule traída el mismo día desde Colima en tren. Pescados diversos preparados en distintas maneras, al igual que borrego, res fina, cerdo y pollo.

Como comprenderás, muchos alimentos y proveedores no dejaron rastro alguno que seguirles, y lo complicado no paraba ahí, ya que el doctor tenía que pasar desapercibido, para lo que usó todo tipo de disfraces como inspector de salud, de padrón de licencias, policía, agente de ministerio y otros más, siendo lo más complicado modular la voz para sonar como jaliscience y no como español, lo cual no siempre lograba a su entera satisfacción.

Qué labor tan detallada, tan minuciosa y demandante de planeación, discreción, cientos de visitas a muchos pueblos, establecimientos y casas. Miles de rigurosas pruebas de laboratorio. Nadie sabe cuánto tiempo de su vida dedicó Sabier a la especial encomienda de la cual jamás aceptó cobrar ni un centavo ni compensación alguna. ¿Meses? ¿Años? ¿Tú qué opinas?

El embajador de vez en cuando preguntaba al doctor si ya había resultados, la respuesta siempre era "Aún no".

Por fin llegó el día. Sabier mandó telegrama pidiendo cita para hablar con su amigo el Lic. don Héctor Labrea de Gromiche y Lagartúa, embajador de Navarra. Recibió respuesta al momento que decía "Preséntese de inmediato."

Se subió al tren a Guadalajara y se fue directo a la embajada donde lo recibieron y escoltaron Rodolfo y Diego hasta la sala de espera privada del despacho del Embajador. La antesala no duró ni 2 minutos.

—Pásate, Sabier. ¿Cómo estás? ¿Qué noticias me tienes?

—Héctor, un gusto como siempre. Te tengo la noticia de que por fin he terminado de verificar todas las fuentes posibles que pudieran haber causado el envenenamiento.

—Dime, pues, qué es lo que has encontrado.

—A decir verdad, solo me he topado con caminos cerrados una y otra vez.

—Sabier, dime ya qué encontraste. ¿Sabes qué fue lo que causó la muerte de Adelfina?

—No, no lo sé y quizás nunca lo sabremos, Héctor.

—¡Pero cómo es posible, Sabier!, ¡si tú mismo analizaste todos los alimentos! —Sabier suspiró y bajó la mirada, el embajador caminó en círculos y dijo—: ¡Solo me falta que hubieran sido los malditos panes! ¡Ese picón de pasas que yo mismo le ofrecí!

—¿Pero qué estás diciendo? ¿Cuáles panes? ¿De qué hablas? ¿Qué rayos quieres decir que yo no sepa? —Se quedó Sabier inmóvil, paralizado.

—Bueno, ¿pero que no te dijo el Campamocho que él traía una bolsa de picones y que le dio uno a Adelfina al venir de regreso de La Florida?

—No, no me ha dicho nada que yo no le haya preguntado. Yo mismo revisé los picones que había en la bolsa, pero nunca supe si tan siquiera había probado alguno.

El embajador abrió la puerta de su despacho bruscamente gritando:

—¡Que venga el Campamocho! —El flaco y alto guardia subió la escalera en tres pasos para presentarse de inmediato diciendo:

—Usté mande, don Heitor.

—Rodolfo, me le vas a decir ahorita al doctor Sabier de dónde sacaste los picones que le diste a mi señora cuando veníamos de regreso a Guadalajara.

—Ire, pos, la señora me dio la bolsa con panes saliendo de la casa hogar de Iztatán. Yo traje conmigo la bolsa todo el tiempo porque ella me la había dado personalmente de su mano y pos como la iba yo a descuidar.

—Ya te puedes ir, Rodolfo, cierra la puerta.

—Permiso, don Heitor, Permiso, Dotor.

Justo al cerrar la puerta tronó el cielo con varios relámpagos. Nubarrones oscuros se empezaban a formar. Todos se sobresaltaron un poco.

—Ahí tienes, Sabier, un camino más.

El doctor asintió con la cabeza y dijo:

—Héctor, espero tenerte noticias pronto, me retiro. —Y subió al tren de regreso a Iztatán, a donde llegó pasadas las siete de la tarde. A lo lejos se veían nubes oscuras y espesas.

Es bien sabido que las Hermanas no reciben después de las seis, pero Sabier insistió en tocar la puerta hasta que escuchó una voz:

—Buenas tardes, no se recibe después de las seis. Vuelva mañana.

—Soy el doctor Sabier de la BagazoUrdentistos ChírriberenaPérez y tengo orden de la embajada para hablar en este momento con la hermana Superiora. Abra la puerta.

—Usté dispense, dotor, no sabía que era usté —dijo una hermana al abrirle la puerta.

—Sígame a la Recepción, ahorita le hablo a la hermana Superiora.

La hermana Superiora llegó pronto acomodándose la toca y el hábito.

—Doctor, por favor, pase a mi oficina, tome asiento y dígame qué lo trae por aquí.

—Hermana Superiora, gracias por recibirme sin aviso. Necesito que me diga por favor dónde hicieron los picones que le dieron a la embajadora el último día que la vieron. ¿Los hicieron aquí? ¿Los compraron?

—Esos picones los fueron a traer especialmente para la embajadora las hermanas Tina, Toña y Tania desde Poncitlán, ese mismo día muy temprano por la mañana. ¿Por qué la pregunta, doctor?

—Hmmmm… ¿Podría hablar con ellas tres ahora mismo?

—Sin problema, permítame llamarles.

Unos momentos después se empezó a escuchar cada vez con mayor volumen un parloteo incesante que venía del portal, eran Tina, Tania y Toña.

—Buenas tardes, doctor —dijeron las tres casi al mismo tiempo.

—Buenas tardes. Necesito que me indiquen dónde compraron los picones que le regalaron a la embajadora el último día que ella vino a la casa hogar.

Le respondieron hablando al mismo tiempo y en un instante

—Yo le traigo con mucho gusto, dígame cuántos quiere —dijo Tina.

—Sí, tú, como si fueras adivina para saber si quiere naturales o de nuez —agregó Tania.

—Ya cállense, como si a eso viniera a estas horas, a encargarnos picones —apuntó Toña.

—Pos cállame cuando me mantengas —espetó Tina.

—Bueno, si se le ofrece algo más, díganos, Doctor, estamos para servirle —suavizó Tania.

—Sí, tú, como si fueras tan servicial, siempre te quejas de todo —reclamó Toña

—¡Ya basta! —gritó Sabier enérgicamente y dio una fuerte palmada en el escritorio de la hermana Superiora. Las tres hermanas guardaron silencio de inmediato.

—Toña, y solo tú, responde concretamente a la pregunta del doctor, ¿dónde compraron los picones? —acotó la Superiora.

—Está bien. Los compramos en la nueva piconería de los Rentería, enfrente y adelantito de la estación del tren; nos dijeron que estaban saliendo más buenos que los de la piconería del Oso.

—¿Hacia el puente? —preguntó Sabier.

—No, hacia el otro lado —respondió Toña.

—Ustedes disculpen la molestia. Me retiro —selló Sabier.

Caminando a su casa, llegó un fuerte vendaval y se formaron unos negros y espesos nubarrones de lluvia. Sabier se preguntó: "¿Lluvia?, ¿en marzo?". Pero apenas cayeron unas gotas, aunque lo nublado no se quitó.

Al día siguiente salió Sabier temprano a pie a Poncitlán. Enormes y amenazantes nubarrones seguían formándose mientras se dirigía directo a la piconería de los Rentería, en donde al llegar se presentó diciendo:

—Soy el doctor Sabier de la BagazoUrdentistos ChírriberenaPérez. Vengo de Iztatán y necesito hablar con el dueño del establecimiento.

Sabier y Remigio Rentería se retiraron a platicar a las vías y regresaron al cabo de unos minutos para dar instrucción de detener la producción, sacar al personal e inspeccionar el lugar a puerta cerrada. "¿Qué estará pasando? ¿Quién es ese señor?", se preguntaban los trabajadores.

A las once de la mañana, con el cielo notoriamente nublado, Sabier ya había terminado de colectar todas las muestras necesarias para análisis en su laboratorio casero, dio las gracias al Sr. Rentería y se regresó a Iztatán a seguir trabajando en vano, ya que no encontró ningún resultado positivo en sus análisis.

Salió a caminar, a pensar y pensar…, cuando de repente dijo en voz alta: "Rodolfo Campamocho", y cayeron tres rayos del cielo nublado. Enseguida mandó telegrama a la Embajada: "Urgente venga Campamocho a Iztatán" y se regresó a su casa a esperarlo.

Mientras tanto, Rodolfo Campamocho estaba en Guadalajara caminando y hablando solo por la Av. Libertad, parecía un loco. Gritaba incoherencias, se reía y lloraba desesperado. De repente corría o igual se ponía en cuclillas cubriéndose el llanto de su cara con las manos. Parecía un animal en pena… Pobre hombre, estaba seguro de que él había envenenado a Adelfina con los panes que cargaba. "¡Cómo no tiraste los panes, Campamocho tan tarugo! ¡Cómo no te los tragaste mejor tu mesmo!". Y cosas así llenas de culpa gritaba el pobre hombre que cargaba con la pena completa de haber perdido a su queridísima benefactora… Estaba hecho pedazos y volviéndose loco.

A Diego, su fiel amigo, le llegó la noticia del telegrama del doctor y salió corriendo de la embajada a buscarlo. Lo encontró no muy lejos, azotando su cabeza contra una pared y le gritó:

—¡Campa, mírame! ¡¿Qué te pasa?! —Lo abofeteó con fuerza para que reaccionara; Diego era muy fuerte, así que se le pasó la mano dejando inconsciente a Rodolfo. Pensó: "Mejor así me lo llevo". Y se lo llevó cargando a la Embajada.

Llegando lo acostaron, lo curaron de su frente y le dieron té de pasiflora.

En cuanto Rodolfo empezó a reaccionar Diego le dijo:

—Campa, te ocupa Sabi en Iztatán, tenemos qu'irnos.

—Ha de ser para envenenarme como yo envenené a mi patrona. Vamos, llévenme.

—No seas menso, Campa. Con lo que tú le dijites cuando él vino parece que ya está dando con el asesino.

—¡Ah, Dioooo! ¿Tons no jui yo?

—¡Pos no, menso! ¡Y luego ira cómo te rajates la cabezota, menso!

—Güeno, pos, ni modo, ámonos pa Iztatán. Seguro mi patrona me quiere vivo más tiempo.

Y se fueron en tren bajo un cielo cada vez más nublado, en pleno marzo.

Sabier esperaba al Campa en la estación del tren. Salieron Campa y Diego y les dijo Sabier:

—Llegaron pronto. Solo quiero hacerles unas preguntas.

—Usté diga, dotor.

—¿Alguno de ustedes vio el contenido de la bolsa de picones que comió doña Adelfina al salir de La Florida?

—Yo lo vi, dotor. Lo qu'es la verdad, sí me dio curiosidá, pero pa saber con qué cuidado cargar la bolsa —dijo el Campa.

—Dime cuántos y de qué tamaño eran los panes.

—Pos vi unos grandes, eran dos, y también uno chico. De eso sí me acuerdo bien.

—Comprendo. Por el momento es todo, pero no se vayan del pueblo. Quédense en el hostal por si los necesito de nuevo.

—Como usté mande, dotor —obedeció el Campa.

—¿Ves, menso? Casi te matas por nada —le dijo Diego al Campa.

—¡Ya'stuvo, pues! ¡¿O qué vas a querer?!

—Oooh, pos yo nomás decía.

Y se fueron los amigos por su rumbo bajo un cielo muy nublado.

Por su lado, Sabier visitó la casa hogar con claras intenciones de hablar únicamente con Toña, que parecía la más sensata del trío alegatas.

—Toña, le pido que por favor concrete la respuesta mi pregunta: ¿dónde compraron el picón chico que le regalaron a la embajadora el último día que la vieron? —El cielo tronó varias veces seguidas. Toña brincó del susto. Parecía que los rayos caían en la calle afuera de la casa hogar.

Toña contestó:

—Ah, pues ese, este… solo ese encontramos de pasas y lo compramos en…, en… —Toña no quería que supieran que habían comprado picones de la calle.

—¡Responda ya con la verdad!

—¡El picón chico se lo compramos a un niño que los vendía en el puente a un lado de la vía! ¡Se lo compramos a Sergio, Sergio Valente, el que vive en su casa de usted y que es el hijo perdido de Bernardo y Virginia!

—¡No puede ser! ¡Pero cómo!

—Pues no es que una sea metiche, pero, mire, Sergio se crio con las hermanas de Poncitlán y al parecer aprendió a hacer picones con los Rentería desde pequeño.

—Es suficiente, me voy para Poncitlán.

Y ahí va de nuevo Sabier a Poncitlán bajo un cielo casi completamente lleno de nubes y con lluvia muy ligera e intermitente. Esta vez iba a caballo para llegar más pronto.

Tocó a la puerta de la casa hogar y se presentó como ya sabes…:

—Yo soy el doctor de la bla, bla, bla… —Pidió hablar con la hermana Superiora, quien era su paciente. Lo recibió con gusto:

—Pase, por favor, doctor y dígame a qué debo el honor de su visita.

—Pasas.

—¿Paso? ¿A dónde?

—No, hermana Superiora, pregunto que dónde guardan las pasas, hay sospechas de que hay un lote de pasas con cargas minerales dañinas para la salud y necesito hacer unas pruebas para la seguridad de su casa hogar.

—Ah, comprendo. Pues las guardamos todas en la abarrotera, acompáñeme.

—Bien. Veo que solo hay pasas en este bote, en esta gaveta; ya tomé una muestra. ¿Hay algún otro lugar?

—No, doctor, es todo.

—¿Y de este bote toman y comen pasas?

—Sí, doctor.

—¿Y nadie ha enfermado o decaído al ingerir pasas en alguna época?

—Gracias a Dios, nadie, doctor, las pasas siempre han sido de buena calidad y del mismo proveedor.

Y en resumidas cuentas el doctor regresó frustrado a Iztatán, aunque algo le decía que estaba muy cerca de resolver el misterio.

Platicó por la noche con Clarisa (Mónica), ahora su esposa, sin querer alarmarla, tal vez solo para desahogar su frustración:

—Clarisa, estoy haciendo un estudio de las pasas y su contenido mineral, me tocó ir a Poncitlán a tomar muestra de las pasas que manejan en la casa hogar, pero ya revisé las muestras y no encontré nada malo.

—¡Ah, no me digas, Sabier! ¡Qué interesante! y ¡qué coincidencia! Cuando yo fui encargada de la abarrotera a veces había ratones porque los niños dejaban morusas y comidilla regada por todos lados. Así que recordé un remedio que me enseñó mi papá: poner pasas en un rincón oscuro bajo las gavetas con un chorrito de cianuro.

—¿Un chorrito de qué quééé?

—De cianuro. Sé que es muy peligroso, pero lo ponía siempre con guantes y luego me lavaba muy bien las manos.

Sabier no pudo dormir...

Tenía localizado el ingrediente maligno.

Tenía localizado al vendedor de pan.

Solo faltaba reunirlos...

Amanece un día más. Sabier está desesperado, ansioso, únicamente tomó agua, no desayunó, ni siquiera bebió su café. Salió a caminar, a pensar. Tampoco abrió el consultorio. Deambulaba y pensaba: "¿Cómo preguntarle a Sergio? Sergio es un muchacho muy trabajador, muy honesto y muy agradecido. Sergio es una buena persona que jamás se atrevería a hacerle daño a nadie. ¿Cómo preguntarle?". Y sin pensarlo más se regresó a la piconería de Sergio. Se encontró en la puerta mirándolo a los ojos por dos segundos y dijo:

—Eeeh..., Sergio, buenos días. ¿Qué tal va el negocio?

—¡Todo bien, doctor! ¡Buenos días! Lo veo medio pensativo. ¿Doña Clarisa y Sabiercito bien?

—¿Qué? ¡Ah, bien! Gracias. S, sí, todo va bien, gracias... Sergio, ¿tienes un minuto? Quisiera preguntarte algo.

—Voy, doctor, nomás meto estos picones al horno... Dígame.

—¿Tú recuerdas que mi señora trabajó muchos años en la casa hogar de Poncitlán?

—¡Ah, pero claro! Y me da mucho gusto que sea su señora porque, igual que a usted, yo le tengo mucho aprecio. Ella me enseñó cómo mantener un negocio limpio y ordenado.

—Bueno, pues ella me comenta que en ocasiones guardaba pasas debajo de los estantes y que a veces notaba que como que le faltaban, y, bueno, eso pasó hace mucho tiempo y ya no tiene la menor importancia, pero siempre tuve curiosidad, y como ando de investigador, ¿tú no sabrás algo al respecto?

—Pos..., Doctor..., pa qué le digo mentiras... Yo era muy chiquillo y estaba aprendiendo a hacer mis panes y se me hizo fácil tomar unos puños de pasas de debajo de las alacenas, pero le juro que solo fueron un par de veces y me sentí muy arrepentido, y nunca volvió a suceder. Lo que es más, a la fecha, cuando veo a alguna de las hermanas de Poncitlán aquí en Iztatán, siempre las convido a que se lleven unos panes a su casa hogar.

—Ja, ja, ja, está bien, Sergio, está bien, no te preocupes, gran misterio resuelto. Y dime, ¿dónde vendías esos panes que hacías tú tan chiquillo? —inquirió Sabier queriendo parecer muy ecuánime, aunque sabía que el misterio estaba más que resuelto, y por dentro se desmoronaba.

—Pos los vendía en el puente a un lado de la vía. Lo que es más, me acuerdo que una vez me compró un señor de aquí de Iztatán, no recuerdo cómo se llamaba y nunca lo volví a ver, pero traía una yegua retebonita con una letra P marcada en las ancas y en los fajos de cuero decía Petunia. Oiga, ¿pos que en esa yegua no anda doña Yolanda?

—No me he fijado, pero cuéntame a quién más le vendías los panes que fuera de Iztatán.

—Hmmm… Posn… Me acuerdo que luego me compraron las tres hermanas esas que alegan y alegan: Tina, Toña y Tunia, o sabe cómo se llaman. Y ya, nomás esa gente me compró mis picones de pasas. Desde entonces no he vuelto a hacer con pasas, me remuerde la conciencia.

El cielo gris oscuro empezó a hacer un rugido largo y profundo.

—Ah, qué Sergio; n'hombre muchacho, ya pasó mucho tiempo de eso. Veo que te da algo de pena y te prometo que no se lo diré a nadie —le confió Sabier mientras pensaba en todas las implicaciones—. Yo nomás tenía curiosidad. Te voy a dejar trabajar ya porque si no se te van a quemar los panes. Nomás prométeme que tú tampoco le dirás a nadie más.

—Si nomás le he dicho a usté por el respeto que le tengo, pero ya quedamos en promesa, don Sabi, que diga, doctor. Ire, llévese estos panes a su casa y me saluda a doña Clarisa, por favor.

—Gracias, de tu parte, y ya quedamos.

Sabier se retiró, completamente atribulado, en conflicto total…, se regresó a su casa a buscar las cartas que le había escrito a su difunta esposa y luego se dirigió a la florería del mercado, llegó un poco mojado: ya estaba chispeando ligero pero parejo. Le hicieron un ramo muy grande, compró todas las flores blancas que había y caminó primero hacía el río Lerma en donde con cuidado depositó las cartas para su difunta esposa, al tiempo que le dirigía unas palabras de amor. Luego se dirigió hacia el parque de La Embajadora sin saber qué hacer…, meditando… Casi todo el pueblo lo vio pasar, distraído, sin saludar a nadie..., caminando..., cargando ese gran ramo de flores y un gran pesar, con el agua chorreando de su sombrero.

Llegó al parque y ahí mismo empezó a arrancar los pétalos de las flores para arrojarlos al piso. Dijo en voz alta: "No sé dónde estás; no sé dónde estás, Adelfina; no sé dónde estás". Y yo no sé decirte si lloraba o si era agua de la lluvia lo que resbalaba de su cara, pero triste sí estaba. Terminó de despelucar y desperdigar el hermoso arreglo floral por todo el parque y saliendo dio un último vistazo atrás diciendo: "Perdóname".

Caminando muy despacio y apesadumbrado, mojado hasta los calcetines y casi arrastrando los pies, pensaba en Exiquio y cómo decían que había caído de su Petunia y cómo él nunca le diría a Yolanda la verdad. Pensaba en Miguel y Ernesta, que parecían ahogados en el río, y en sus hijos Márgara y Efrén, ambos muertos por nunca saber lo que verdaderamente había sucedido. Incluso ideó cómo y qué escribirle anónimamente a José Ramón Adelfino para darle a entender que Márgara nunca tuvo culpa de nada y que Efrén simplemente se equivocó.

Prometió que Tina, Toña y Tania y la Superiora jamás se enterarían de haber dado el alimento fatal a su amada benefactora.

Juró, ante el parque empapado, un silencio obligado que le debía a Clarisa su esposa por haber envenenado las pasas, a Sergio, que cocinó los cuatro fatales picones, y a su gran amigo don Héctor, quien dio el pan de la muerte a su amadísima esposa. Pero sobre todo iba pensando en su gran amiga Adelfina. Sabier estaba seguro de que ella hubiera querido que al menos una persona supiera la verdad. Ella quería que al menos uno supiera que todos habían sido errores humanos y todos cometidos con la mejor voluntad, con cariño, amor y generosidad.

Quizás eso desató el agua. Quizás una pena que Adelfina tenía guardada sobre el río soltó en pleno una fuerte y sólida lluvia que azotaba pareja todo el municipio. El cielo estaba completamente negro. El río empezó a crecer deslavando sus costados. Un crujido profundo estremeció a todo el pueblo, era un costado completo de la plaza de toros El Progresito. Adelfina siempre se quejó porque lo habían construido muy cerca del río.

La magna obra se despedazaba y era llevada piedra por piedra y bloque por bloque por el cada vez más grueso caudal del río entre troncos y árboles. Río abajo, en una enconada en el límite municipal, se creó una represa con los escombros de El Progresito, que poco a poco fue subiendo de nivel provocando que todo el pueblo y luego todo el municipio se fueran inundando lentamente.

Una cosa atinada hay que celebrarle al párroco y fue darle permiso a Espiridión, que tuvo la ocurrencia de dar alarma sonando las campanas de la iglesia que anunciaban el peligro de la inundación. Todos salieron para distintos lados. Unas familias se fueron a San Jacinto, otras a Ocotlán o Jamay, familias con hijos pequeños se fueron a San Pedro Itzicán, todos en la casa hogar se fueron a la otra de Poncitlán y así cada quien agarró lo que pudo y como pudo, y el pueblo fue evacuado en su totalidad. Bueno, casi, porque nunca encontraron al presidente municipal. Su primo Tolancio dijo haberlo visto por última vez:

—Íbanos mi familia y yo a pie bajo la lluvia y pasamos por la ventana de la casa de mi primo, ahí lo miré sentado y le grité: "¡Arre, primo, que ahí viene el agua!", y él me contestó: "¡Ahi voy, primo, váyanse yendo a Poncitlán, mi mujer ya se adelantó con los niños, horita los alcanzo, ya me dijeron que se está inundando!". Pero ya nunca lo volví a ver. Hora que me acuerdo, una vez, a medias del desierto de Sayula, me dijo que ya nunca volvería a salir de Iztatán. Seguro se le cumplió su deseo.

Sin prisa, el agua arrasó con todo y disolvió todo, incluyendo las memorias de toda la beneficiencia hecha por Adelfina, que se resguardaban en el despacho del actuario, en las oficinas del ayuntamiento.

Sobrevivieron únicamente las alpacas junto con el Templo de Nta. Sra. del Río de los Ángeles Espantados, que quedaban en la lomita convertida en un islote. Unos pescadores pasaron por los pobres y aislados animales y se los llevaron a solo Dios sabe dónde, porque no se les volvió a ver. Hay leyendas que dicen que ellos vieron cómo una sirena de capa morada salvó a una niña poniéndola en la rama de un mezquite. Dicen que los pescadores invitaron a la niña subirse a la lancha, pero que ella siguió caminando por el lodazal hacia Poncitlán.

Han pasado muchos años de la inundación y, a pesar de que el templo quedó desamparado en un islote, a la fecha se conserva con un deterioro natural, aunque se desconoce por qué le llamaban "De los ángeles espantados", porque más bien parece que todos están llorando.

Al carecer de terreno firme y ser un área cubierta por agua, el municipio como tal dejó de tener carácter legal y desapareció de los registros, lo sustituyeron por una reserva natural que realmente era un lugar bellísimo lleno de gran variedad de árboles y plantas de agua dulce: un verdadero paraíso para aves de todos tamaños y colores por todo el año y flores, miles de tipos de flores de todos los colores todo el año. En los islotes había venados, mapaches, zorrillos, armadillos, ardillas y muchos animales más. Así fue que resultó obligado el lanzar un decreto que prohibía la contaminación del río y que asignaba presupuesto federal para protegerlo por siempre.

La hermosa reserva no tenía nombre y en junta regional se agendó debate y votación para el ponerle uno. Unos proponían "Parque Nacional Poncitlán", claro, para dar convenientemente apoyo a su municipio colindante. Otros proponían "Parque Nacional El Paraíso", por su belleza y por ser único en el mundo. Otros decían otra cosa y otra más…, por lo que se alargaba el debate, de modo que empezaron las disputas verbales en grupos quedando sin uso el micrófono del moderador. Una viejecita fachosa y andrajosa subió al podio, con un chal morado de lentejuelas y cascabeles y dijo con fuerza al micrófono con su voz chirriante:

—¡Señores, ya cállense! —y todos guardaron silencio. Ella continuó—: Hace muchos años mi abuela me contó de una señora que hizo mucho bien a la región. No recuerdo su nombre, pero la llamaban la embajadora. Yo digo que le pongamos de nombre "El Parque Nacional de La Embajadora" y punto y fin de la discusión. —Movió sus manos por arriba en el aire y salieron chispas de colores desvanecientes y todos aplaudieron y aplaudieron la gran idea, y de pronto la viejecilla ya no estaba, pero el nombre se le quedó.

55

✦

La sirenita

♫ *La Valse d'Amélie - Versión piano, Yann Tiersen*

Me llevé a mi hermanita cargando desde la casa hasta el tren.

Le hice ver que no importaba que todo se mojara con la inundación para no preocuparla. Yo estaba deshecha por dentro. La total incertidumbre de volver me invadía…, y, además, ¿a qué regresaríamos? ¿Quedaría en buen estado algo de nuestras pertenencias? ¿Nuestra casa seguiría en pie? ¿Y cómo quedaría?

Mi mamá venía detrás de mí, tomada de la mano con Juan y sujetada del brazo de mi papá, que caminaba con la mirada fija adelante.

No alcanzamos a sacar nada de la casa. Nos avisaron que muy pronto el agua cubriría todo el pueblo.

Transparente corría el río sobre el empedrado a la altura de mis rodillas.

Peces de colores, bagres bigotones y carpas insulsas entretenían a mi hermanita.

A mí me latía el corazón a mil por hora. No recuerdo haber estado más asustada ni más insegura del futuro.

Me sudaban las manos y me temblaban las piernas.

La chiquita gritó sorprendida:

—¡Mira, mana, una sirenita rosa!

—¿Cómo crees? ¿Dónde?

—¡Ahí, al lado de tu pierna!

—¡Sí! ¡Ya la vi! ¡Mira! ¡Te saluda!

"¡No puede ser! —pensé—. ¿Ahora qué rayos falta? ¿Que volemos por un arcoíris?".

La sirenita nos acompañaba al tren, nadaba en piruetas feliz con una capa morada y chispeante y nos saludaba y llamaba haciendo un ademán. Mi hermanita le respondía con la mano.

El puente estaba a punto del colapso. El agua seguía clara y el animalito rosa o lo que fuera se nos ponía enfrente, pero era tan pequeña la cosa esa que yo seguía caminando.

En un paso que di sentí cómo se hundía el piso. Sin pensarlo aventé a mi hermana hacia mi papá y antes de caer al agua vi cómo él la atrapaba para salvarla.

La sirenita me tomó de la mano y me jaló hacia arriba. Vi cómo papá entró al agua, pero ya no me pudo alcanzar. Me arrastró la corriente hacia abajo y empecé a respirar agua y la sirenita me dijo "Todo estará bien", y ya no recuerdo qué más sucedió hasta que desperté sobre la rama de un mezquite.

Estaba muy golpeada y todo me dolía. Bajé con cuidado al lodazal. Mi ropa aún estaba empapada. Soledad. Humedad. Pestilencia. Moscos, moscas y mayates. Qué asco atravesar esta tortura.

Por fin reconocí las vías del tren entre troncos, ramas, hojas y mucho lodo.

Me dirigí a Poncitlán. Ahí había dicho mi papá que iríamos para quedarnos en casa de mis tíos unos días en lo que pasaba la inundación.

Caminé por lo que era Iztatán. No quedó nada. Apenas lo reconocí después por la iglesia de la lomita que sobresalía. Unos lancheros se llevaban las alpacas. Les hablé pero creo que no me escucharon, me vieron y gritaron algo que no les entendí y continuaron con su tarea, pero no los volví a mirar por poner atención a donde estaba yo pisando.

A veces las vías se volvían a meter al agua. El camino fue espantoso. Mi querido Iztatán quedó convertido en un pantano. Salvo la iglesita de los ángeles espantados, no quedó piedra sobre piedra.

Caminé unos veinte metros más sobre las vías y de pronto con el agua hasta media pierna empecé a llorar y llorar.

En un momento todo mi mundo y todo en mi vida habían desaparecido.

Solo quedaban de pie algunos árboles que reconocía y que más hacían llorar todo lo que había desaparecido. Verdaderas marcas de lo que una vez fue.

Solo me quedaba caminar más y más.

Ya caía el sol y apenas divisaba Poncitlán a lo lejos cuando escuché fuertes gritos: —¡Emiiiiiii! ¡Emiliaaaaaa! ¡Emilitaaaaaa! —Era toda mi familia, por fin llegué.

56

✡ ✿ 🐸 ☪

Adiós, Iztatán

♫ *Ocean Waves, George Winston*

Adiós, Iztatán, mi pueblito pobre donde pasé mis sueños, mi niñez y mi crecimiento.

Adiós con el agua transparente que te inunda y te deslava.

Adiós, recuerdos, adiós para siempre. Nunca te volveré a ver, nunca más existirás.

Adiós a la bruja borracha, a las historias de frijoles y cobardes. Adiós para siempre, Adelfina… Todos te olvidarán… Solo tú sabías que lo bueno de la vida es ser bueno, aunque después no te recordarán…

Adiós para siempre, mezquites, palmeras, alpacas, eucaliptos y la casa hogar…

Adiós, placita de toros. Adiós, parque, calles, corrales y caseríos…

Adiós, recuerdos que nunca volverán de un pueblo irrelevante donde sucedían la magia, el amor, la fidelidad, la pasión, los arrebatos, la corrupción, la benevolencia, el compromiso, los misterios… y la inocencia.

Adiós por siempre, pueblito querido, nadie te recordará nunca porque jamás fuiste importante.

Borrado del mapa estás, convertido en un pantano paraíso con un templecito en las orillas queriendo decir que ahí estuviste, sin sentido, sin propósito ni objetivo.

Con un templito en una orilla como apenas levantando un dedo inútilmente por encima del agua para decir "Aquí vivió la gente de Iztatán". Ese templecito tan lleno de angelitos tristes que nadie quiere nunca visitar y que cae a pedazos sin remordimientos a través del tiempo.

Adiós y gracias, pueblito de mis ilusiones.

Adiós y perdóname por no volver a recordarte nunca más.

Adiós, codito del río Lerma, sembradíos de maíz, embrujos de sapitos y misterios sin resolver. Adiós, picones envenenados, cartas extraviadas, misiones sin cumplir, andares desesperados, corazones rotos…, y el agua de la fuente.

Adiós.

57

✦ ✡ 🐞 ☾

Irene

Panteón de Belén: calle Belén, número 57, colonia El Retiro, Guadalajara.

Atravesando el zaguán, das vuelta a la izquierda por el portal y te vas hasta el fondo a topar con la última pared de criptas.

Un poco abajo y a la derecha te encontrarás una placa negra que dice "IRENE" con letras doradas. Solo tiene la fecha de nacimiento 1857 con un guión a la derecha.

♫ *Malena, Ennio Morricone*

Cuando nació la hermosa bebé pusieron en el acta todas sus señas particulares: un pequeño lunar en forma de estrella en el dorso de su mano izquierda, otro en forma de luna en el dorso de su mano derecha, uno más a modo de sapo en su pie derecho y el último con silueta de sirena en el izquierdo. Piel clara a la sombra con reflejos de tornasol y oscura al sol con destellos nacarados. Ojos, sin definir, ya que le cambiaban de color cada 5 o 7 minutos. Cabello corto y rubio o colorado al amanecer y largo oscuro por las tardes.

Realmente los datos fijos eran la fecha, su nombre y el de sus padres. El encargado del registro civil se limitó sin remedio a concretar.

Su mamá era judía y su padre del islam.

Fue bautizada y educada en la fe católica como cualquier tapatío, asistiendo siempre a escuelas de hermanas de la fe y a misa los domingos.

Al cumplir dieciocho años, un 18 de septiembre, sus padres cariñosamente le obsequiaron un hermoso chal morado con lentejuelas y cascabeles. Le hicieron un día de campo en Iztatán a la margen del río Lerma con sus más queridas amiguitas, porque más familiares no tenían cerca.

Una amiguita le regaló unas botas negras, otra más un bolso también negro y las demás algunos vistosos tiliches o ricas golosinas; hubo quien le obsequió un sombrero negro y puntiagudo mal hecho a mano, el cual causó mucha risa al ponérselo.

Irene andaba muy alegre, se puso el chal, las botas y se colgó el bolso. Improvisó una escoba de ramas de guamúchil con un palo retorcido de guayabo y se hizo pasar por una brujita haciendo reír a todos en la fiesta. Irene fue la sensación y el buen humor. El cumpleaños fue realmente alegre y memorable. Irene no pudo ser más feliz en ese paraíso sombreado por grandes árboles y palmeras al lado del plácido fluir de las aguas del río Lerma al grado que pensaba: "Qué lindo lugar. Un día me tengo que venir a vivir aquí".

Terminadas las risas del ameno evento, Irene regresó a Guadalajara cayendo directo a dormir después de tantas emociones y actividad. El cansancio no le permitió cambiar de ropas.

Sus padres despidieron cariñosos y atentos a las amables amistades y todos se fueron a dormir a sus casas en una plácida y fresca noche de luna roja de la cual, el amoroso matrimonio, nunca despertó.

En sus mismas ropas, la triste jovencita se abocó en pocos días a resolver el montón de pendientes que los desafortunados eventos le trajeron.

En resumen, vendió todo para irse a vivir a la margen del río, como había soñado. Solo conservó la casa para recibir ingreso por rentarla a un Sr. Higueros, casado con Etelvina, amiga de Irene desde la infancia.

Por el río descubrió una cueva, que después nadie podría encontrar. En ella desarrolló sus habilidades natas para volar, sacar chispas y polvos de colores con sus manos, cambiar la forma de las personas, sanar los corazones y muchas más.

A pesar de sus poderes, se hizo borracha por el pesar de la temprana despedida de sus padres y al alcohol nunca pudo renunciar.

Un viejito encargado de barrer el panteón de Belén se la encontró muchísimos años después llorando al final del pasillo. Estaba hincada tocando con una mano con guantes la cripta con su nombre, cripta que estaba vacía y que sus papás habían dejado encargada para yacer a su lado.

Llevaba su chal morado, sus botas negras y una escoba muy desgastada con un palo retorcido de guayabo.

FIN

Lista de personajes

♫ *Second Crisis, Ennio Morricone*

Personaje	Descripción
Alejandra Igartúa	Finada esposa de Jonás. Madre de Mónica Villagartúa.
Andrés	Un niño hijo de familia de Iztatán. Amigo de Juan.
Atalancia de Roque	Hermana de la caridad de Iztapán. Luego esposa de Querencio. Madre de unos niños de Iztapán.
Atilana	Viuda de Eustaquio. Copropietaria de la Juguetería 57.
Bernardo Valente	Esposo de Virginia. Padre de Sergio. Jardinero de Sabier.
Chon	Un noble burro propiedad de un tipo ventajoso. En la vida real fue adquirido a edad avanzada por la familia del autor.
Clarisa de BagazoUrdentistos	Finada. Primera esposa de Sabier.
Coronel Carlos Sanderos	Viudo de la Revolución. Hermano de Sara Carmela. Padre de Ricardito. Luego cuñado de José Ramón.
Diego	Soldado del coronel Sanderos y luego guardia personal de Doña Adelfina y luego guardia de Don Hector.
Doctor Joxé Sabier de la BagazoUrdentistos ChírriberenaPérez.	Apodado don Sabi o Sabi, doctor de Navarra. Viudo de Clarisa. Sobrino de Pánfila. Esposo y primo lejano de Mónica, su segunda esposa.
Don Benito	Esposo de doña Florencia de San Pedro Itzicán.
Don Donato Panderos Mantecón	Entrenador de beisbol de Iztatán.
Don Fernando Pamplona	Propietario del Gran Circo de Pamplona, dueño de las alpacas.

Personaje	Descripción
Don Manuel Cuesta	Propietario de la hacienda La Florida.
Don Miguel Mirales	Esposo de doña Ernesta. Padre de Efrén y Márgara.
Don Porfirio	Presidente de México. Esposo de doña Carmen. Amigo de Héctor y Adelfina.
Doña Adelfina María Cecilia de la Puente y Zarapesa	Esposa de don Héctor. Prima lejana de Irene.
Doña Carmen	Esposa de don Porfirio. Amiga de Hector y Adelfina.
Doña Ernesta	Esposa de don Miguel. Madre de Efrén y Márgara.
Doña Florencia	Esposa de don Benito de San Pedro Itzicán.
Doña Gabriela	Tía de Yolanda Zamora.
Efrén José	Huérfano de Iztatán. Hijo adoptado de José Ramón.
Efrén Mirales	Hijo de Miguel y Ernesta. Hermano de Márgara.
El gordo con bata	Propietario del rancho en el cielo.
El párroco de Iztatán	Nunca pude recordar su nombre.
Eliodoro Hernández	Banquero de Guadalajara.
Emilia Italocias	Hija de Tolancio. Hermana de Juan y de otra chiquita. Sobrina de Alfredo.
Enrique Blanco	Esposo de Roberta Contreras y luego novio comprometido de una señorita rarámuri de Batopilas, Chihuahua.
Espiridión González Correlino	Huérfano criado en Iztatán.
Etelvina de Higueros	Esposa de Hegberto y amiga de la infancia de Irene.
Eustaquio	Difunto esposo de Atilana y copropieratio de la Juguetería 57.
Eva I. Biene	Entrenadora de beisbol de Las Venaditas de Mazatlán.
Exiquio Gómez y Peralvete	Esposo de Yolanda Zamora. Sin saberlo nunca, hermano de Jorgito.
Guillermina	Ama de llaves de la embajada de Navarra.
Hegberto Higueros	Esposo de Etelvina. Inquilino de Irene. Dueño del almacén de telas La Higuerilla.
Hermana Brunilda	Hermana de la caridad de Iztatán. Guitarrista.

Personaje	Descripción
Hermana Esperanza	Hermana de la caridad de Iztatán. Brazo derecho de la hermana Superiora.
Hermana Melinda	Hermana de la caridad de Iztatán. Repostera.
Hermana Severa	Hermana de la caridad de Iztatán. Maestra estricta de Juan.
Irene	Huérfana de Guadalajara que se mudó a Iztatán a los dieciocho años. Prima de Adelfina en grado lejano. Amiga de Etelvina de la infancia.
Jonás Villa	Finado esposo de Alejandra. Padre de Mónica. Primo tercero de Pánfila.
Jorgito	Huérfano encontrado en el campo de Iztatán. Hermano de Exiquio y cuñado de Yolanda.
José Ramón Adelfino	Huérfano criado en Iztatán. Primero novio de Márgara y luego esposo de Sara Carmela Sanderos y cuñado del coronel.
Juan Italocias	Hijo de Tolancio y su esposa. Hermano de Emilia y otra hermana menor. Sobrino de Alfredo. Luego afable propietario de las perfumerías Maxi.
La Superiora de Iztatán	Así se llamaba, Superiora. Hermana de la caridad.
La Superiora de Iztapán	Así se llamaba, Superiora. Hermana de la caridad.
La Superiora de Poncitlán	Así se llamaba, Superiora. Hermana de la caridad.
Ladrón, Pexe y Lagartúa	Tres arquitectos de un despacho, el último de ellos además calculista estructural y primo lejano de don Héctor.
Las Margaritas	Tres niñas adoptadas por José Ramón.
Lic. Alfredo Italocias Murancingo	Presidente municipal de Iztatán. Casado y con hijos. Primo doble de Tolancio. Tío de Juan y Emilia.
Lic. don Alberto Tinajón y Rodante	Primer ministro de Jalisco.
Lic. don Héctor Labrea de Gromiche y Lagartúa	Esposo de doña Adelfina y embajador de Navarra. Primo hermano de un arquitecto.
Lic. don Ricardo Esparzeta y de la Garzeta	Presidente municipal de Guadalajara.

Personaje	Descripción
Lic. José Joaquín Dorantes Valdez	Llamado Joaquín. Reportero del periódico Nuestro Tiempo. Enamorado de Ofelia.
Lic. Leopoldo de la Fuente y Fuente	Director de Redacción del periódico Nuestro Tiempo. Jefe directo de Joaquín.
Los hermanos Guarner	Afamados caricaturistas extranjeros.
Luisito	Un modoso jovencito hijo de hacendados de Iztapán que siempre le rogó a Atalancia. Era muy cobarde y nunca fue a la Revolución.
Mamá Esther	Bisabuela del autor en la vida real. E. P. D.
Márgara Mirales	Hija de Miguel y Ernesta. Hermana de Efrén. Primera novia de José Ramón.
Mónica Villagartúa	Apodada Claridosa, Clarisa o Clari. Hija de Jonás Villa y Alejandra Igartúa. Hermana de la caridad de Poncitlán. Esposa y prima lejana de Sabier.
Mta. Ofelia Ocampo Medina	Maestra de Guadalajara finalmente enamorada de Joaquín Dorantes pero sin saber su nombre.
Nina	Tía abuela del autor en la vida real. E. P. D.
Pancho	Primo de Sabier y de Mónica. Hijo de Pánfila.
Pánfila	Tía de Sabier. Madre de Pancho. Prima tercera de Jonás.
Papá Óscar	Bisabuelo del autor en la vida real. E. P. D.
Pedrito	Un niño hijo de familia de Iztatán
Petunia	Yegua de Exiquio. En la vida real fue una yegua del autor.
Querencio Roque	Soldado del coronel Sanderos. Esposo de Atalancia. Padre de unos niños de Iztapán.
Reginald Botti John	Ex primer ministro de Tallin.
Remigio Rentería	Dueño de la piconería Rentería y maestro de Sergio.
Carlos Ricardo Sanderos	Apodado Ricardito. Hijo del coronel Sanderos. Sobrino de Sara Carmela Sanderos.
Roberta Contreras	Hermosa esposa de Enrique Blanco.
Rodolfo Campamocho y Angostura	Soldado del coronel Sanderos y luego guardia personal de doña Adelfina, y luego guardia de don Héctor.

Personaje	Descripción
Sara Carmela Sanderos	Hermana del coronel Sanderos. Tía de Ricardito. Esposa de José Ramón.
Sergio Martín de la Cruz Galindo	Aprendiz de Remigio. Huérfano de Poncitlán y luego hijo de Bernardo y Virginia. Después renombrado como Sergio Valente.
Silverio Silva	Apodado el Chiri. Sonso mecánico ayudante de Tacho.
Tacho Rodríguez	Apodado el Pecherecas. Mecánico que descompuso en definitiva la Lancha 57.
Tania	Hermana de la caridad de Iztatán de ascendencia irlandesa, blanca, pecosa, pelirroja, regordeta y bajita.
Tina	Hermana de la caridad de Iztatán. Estatura media, complexión normal y sin rasgos distintivos.
Tolancio Italocias Murancingo	Primo hermano doble de Alfredo. Casado. Padre de Emilia, Juan y otra pequeñita de la que aún no sabemos su nombre.
Toña	Hermana de la caridad de Iztatán. Veracruzana del puerto. Negra, alta, fornida, cabello chino y corto, esbelta y de agradable presencia.
Virginia de Valente	Esposa de Bernardo. Madre de Sergio. Cocinera de Sabier.
Yolanda Zamora	Esposa de Exiquio y luego esposa del coronel Sanderos.

Relación de imágenes

Capítulo	Página	Autor	Fecha	Título	Origen / Descripción
1	13		1900's	Jardín de la soledad	Grupo de Facebook "Sucedió en Guadalajara hace un..."
2	15	Jackson, W. H.	1880-1897	Río Lerma	Grupo de Facebook "Sucedió en Guadalajara hace un..."
4	20	Calderón Riebeling, J.	2022	Casa de los abanicos	Foto tomada y editada para este libro.
5	25	Calderón Riebeling, J.	2022	Casa en López Cotilla	Foto tomada y editada para este libro.
6	28	Allingham. H	1848-1926	Peacefully Knitting	https://www.pinterest.com.mx/pin/330381322645166287/
7	30	Mantegazza, G.	1853-1920	Gallant scene	Litografía adquirida.
8	32	Calderón Riebeling, J.	2022	Corral junto al Lerma	Foto edición para este libro.
9	38	Calderón Riebeling, J.	2022	Huaraches	Foto edición para este libro.
10	39	Calderón Riebeling, J.	2022	Atalancia	Grupo de Facebook "Sucedió en Guadalajara hace un..." editada por el autor
12	44	Calderón Riebeling, J.	2022	Iglesia de Tlachichilco	Editada para este libro por Franco Gracilazo, R.
12	48	Calderón Riebeling, J.	2022	Angel espantado	Foto tomada y editada para este libro.
13	49			Frozen. Close-up portrait of chilled female face covered in ice.	Adquirida en shutterstock.com y editada por Franco Garcilazo, R. para este libro.
14	52	Delgadillo	1900's	Poncitlán	Grupo de Facebook "Sucedió en Guadalajara hace un..."
15	56	Calderón Riebeling, J.	2022	Pan picón	Fotografía del autor.
16	60	Castellanos Bejarano, D.	2022	Tina, Toña y Tania	Iustración para este libro.

Capítulo	Página	Autor	Fecha	Título	Origen / Descripción
17	63	Castellanos Bejarano, D.	2022	Cinco alpacas	Iustración para este libro.
18	65	Franco Gracilazo, R.	2022	Farmacia 57	Edición de photoshop para este libro.
18	70	Calderón Riebeling, J.	2022	Caramelos	Foto tomada y editada para este libro.
19	71	Lunhal, A.	1850-1914	Rendez-vous	Litografía adquirida.
20	73	Calderón Riebeling, J.	2022	Bruja borracha	Foto tomada y editada para este libro.
21	76	Eibakke, A.	1889	Sunday in the countryside	commons.wikimedia.org
22	78		1900's	El Progreso	Grupo de Facebook "Sucedió en Guadalajara hace un…"
24	83	Calderón Riebeling, J.	2022	Pan de elote	Foto tomada y editada para este libro.
25	86	Hoppner, J.	1758-1810	Nature, when unadornd adornd the most	Litografía adquirida.
27	93	Elsley, A. J.	1861-1852	Homeward bound.	Litografía adquirida.
29	97		1960´s, 70´s		Grupo de Facebook "Sucedió en Guadalajara hace un…"
30	110	Calderón Riebeling, J.	2022	Muñeca y guantes en la juguetería	Foto tomada y editada para este libro.
31	116	Franco Garcilazo, R.	2022	Mago de la casa de fantasía de cuento de hadas en el bosque	Adquirida en freepik. es y editada por Franco Garcilazo, R. para este libro.
32	119	tiktok: mona.. jamal	2022		Foto de video. Editada por Franco Garcilazo, R. para este libro.
34	127	Franco Garcilazo, R.	2022	Silueta dos vaqueros	Adquirida en istockphoto. com y editada por Franco Garcilazo, R. para este libro.
35	132			Lancha en Chapala	Grupo de Facebook "Sucedió en Guadalajara hace un…"
37	139	Tissot, J.	1877	October	Litografía adquirida.

Capítulo	Página	Autor	Fecha	Título	Origen / Descripción
38	142	Holsøe, C.	1863-1935	Sunshine in the Living Room	instagram: paintingsindepth
38	143		2022	Representative city villa with panoramic roof	instagram: urbex_friend
39	144	Valentin Baciu	2021	Mantis europea femenina o mantis orante.	Adquirida en istockphoto.com y editada por Franco Garcilazo, R. para este libro.
40	148	Calderón Riebeling, J.	2022	Carta en el campo.	Foto tomada y editada para este libro.
40	157	Calderón Riebeling, J.	2022	Carta en el agua.	Foto tomada y editada para este libro.
41	158	Calderón Riebeling, J.	2022	Un gigante	Foto tomada y editada para este libro.
41	161	de Limelette Farah, C.	2022	El gallo de oro	Obra original fotografiada para este libro.
42	167	Calderón Riebeling, J.	2022	Bajando los escalones.	Foto tomada y editada para este libro.
43	169	Beauty Agent Studio	2022		Adquirida en shutterstock.com y editada por Franco Garcilazo, R. para este libro.
44	172	Troke, M.			Adquirida en istock.com y editada por Franco Garcilazo, R. para este libro.
45	177		1930´s	Fuente de los 4 caños, barrio de Getafe, Madrid	Grupo de Facebook "MADRID EN BLANCO Y NEGRO"
46	183	Franco Garcilazo, R.	2022	Un pato	Edición photoshop para este libro, basada en la obra "The unexpected surprise" de Chocarne-Moreau, P. C.
47	186	Franco Garcilazo, R.	2022	Un lugar desolado	Edición photoshop para este libro.
48	189	Franco Garcilazo, R.	2022	Galletas navideñas	Edición photoshop para este libro.
50	194	Franco Garcilazo, R.	2022	Huracán	Edición photoshop para este libro.
51	196	Franco Garcilazo, R.	2022	El castillito	Edición photoshop para este libro.
53	200		1910	Hacienda La Florida	Facebook: Museo Historico de Atequiza.
53	204		2020's	Atequiza: un rincón inolidable	Pinterest: fianceebodas.com

Capítulo	Página	Autor	Fecha	Título	Origen / Descripción
54	205	Calderón Riebeling, J.	2022	Inundación	Foto tomada y editada para este libro.
55	219		2018	Falling in water	Adquirida en alphacoders. com y editada por Franco Garcilazo, R. para este libro.
56	222	Calderón Riebeling, J.	2022	Adiós Iztatán	Foto tomada y editada para este libro.
57	224	Calderón Riebeling, J.	2022	Irene	Edición de photoshop para este libro.

Es imposible saber con seguridad, y sin información sobre los fotógrafos responsables, si alguna de las fotografías ha sido publicada anteriormente. Dicho esto, es probable que la mayoría o todas las fotos encontradas en Facebook, Instagram, Pinterest y Wikimedia ya sean de dominio público y estén libres de derechos. Por lo tanto, el autor declara por adelantado que se cree que todas las fotos son de dominio público, pero que cualquier error u omisión a este respecto se corregirá gustosamente en futuras ediciones.

Agradezco el apoyo en la redacción de la nota anterior a Tony Burton, autor del libro *Si las paredes hablaran. Edificios históricos de Chapala y sus antiguos ocupantes.*

Carta al lector acerca de esta obra

♫ *Falls, Ennio Morricone*

Estimado lector:

Este es mi primer libro de relatos que empecé a escribir esporádicamente, inspirado en paseos a pueblos cercanos, fotografías antiguas y pinturas de varios estilos, principalmente el clásico.

Un día de mayo del 2021, a pocos días después de la despedida de mi padre, me encontré redactando intensamente el relato de "La cueva en el río Lerma" hasta las tres o cuatro de la mañana, muy probablemente como un desahogo sentimental. Unos días más tarde se desbordó hasta las mismas horas el relato de "Adelfina llegó y se fue", del todo aislado del primero.

Al cabo de unos dos o tres meses los relatos se empezaron a juntar en un montón desordenado pero se me presentaron relaciones entre los personajes, los lugares y sucesos. Pronto me encontré escribiendo textos que seguramente mi inconsciente sabía que estaban concatenados, aunque de momento yo no les encontraba ilación alguna.

Pasaron meses para que todo se encadenara y todos los personajes y la misma trama estuvieran vinculados de manera más clara, más lógica, en algunos casos más espiritual o sentimental, en otros hasta sorpresiva. La inspiración se empezó a desbordar de la manera más inesperada.

En una visita a Ocotlán, caminando por el malecón, incompleto en aquel entonces, se miraban la milpa inundada y un caballo amarrado en un corral con el agua hasta arriba de las pezuñas. Esa fue la inspiración para escribir el final de un Iztatán inundado en "Y nadie lo supo", lo cual fue clave para arrasar con todo.

En otro paseo que hicimos hacia la muy bonita hacienda llamada La Bella Cristina en Jamay, a la orilla del río Lerma pudimos ver un corral de vacas que fue la inspiración para encontrar a "Espiridión González Correlino" embarrado de leche. Entre muchas otras ideas, la de un Espiridión flaco al que se le contaban los huesos vino de mi Maru cuando, manejando por la carretera, encontramos un caballo desnutrido. No pude imaginar un chiquillo más desamparado.

La panadería Rentería en donde aprendió "Sergio Martín de la Cruz Galindo" existe en la ubicación indicada en "Buscando a Ofelia". Te recomiendo ampliamente sus productos, aunque no pertenece a Remigio, sino a Nacho, creo yo. Su pan picón es delicioso. No dan clases a nadie.

Los ángeles, el arroyo y el puente de Teocuitlán también existen. Visítalos en verano cuando haya más agua, vale la pena. Las palmeras y árboles inclinados también los puedes vivir en la pequeña plaza del ayuntamiento, no en la grande. La visita a ese pueblo inspiró totalmente el relato "Viaje del munícipe a un pueblo hechizado". Imagínate que durante nuestra estadía se fue completa la señal de los celulares, se cayó el servicio telefónico en todas partes y en consecuencia tampoco había señal inalámbrica de internet, además nunca hubo servicio de televisión, lo que dejó al pueblo incomunicado por varios días, cosa que los lugareños, comentaron, les sucede seguido. ¡Qué impresión nos llevamos! Al menos había luz y pude cargar mi celular para escribir el cuento.

La hacienda mencionada en "Fiesta en La Florida" también existe en ruinas en Atequiza, y es un hecho que a Porfirio le gustaba ir ahí a despejarse de los compromisos que le surgían en Guadalajara. Se iba en tren y a veces también en el carro de mi bisabuelo, tal como me lo platicaba mi Mamá Esther.

El hotel Nido tuvo lugar en Chapala en el inmueble que ahora ocupa el ayuntamiento, donde aún puedes ver el letrero rotulado en la cornisa. Los charales y chiclosos se siguen produciendo típicamente chapalecos desde hace muchísimos años, así como el pan tachihual, de original receta autóctona que a muchos gusta y que se sigue horneando con leña en apenas unas dos o tres panaderías rústicas de Ajijic. Aprovechando tu paseo, en la misma ribera puedes contemplar los atardeceres más hermosos desde San Pedro Itzicán, son memorables, solo sube por el camino que anduvo Joaquín Dorantes en "Buscando a Ofelia".

Muchos personajes como Efrén, Exiquio, Gabriela, Diego, Sabier, Joaquín, Fernando, Yolanda, Sergio, Bernardo y Virginia, entre otros, están basados en personas con las que sigo conviviendo o conviví en alguna etapa de mi vida. A todos ellos los aprecio y les agradezco su amistad y alegres recuerdos.

La idea de las manos soltando chispas de colores en "Agua de la fuente" y en varios relatos más fue de mi hija Sofía, así como también el tema y los nombres de los equipos para "El juego de beis". El personaje de Juan está inspirado en mi hijo, principalmente para el cuento "Un gigante", aprovechando para dar gusto a su preferencia por la lectura de ficción.

La idea de "La Capilla de Nta. Sra. del Río y de los Ángeles Espantados" vino del retablo original en la Capilla de Guadalupe del Cerrito en Jamay, Jalisco, el cual es muy hermoso y la vista directa desde el altar a la Laguna de Chapala es espectacular. Ojalá que vayas un día a conocer. La foto de la capilla la tomé hace muchos años: es la iglesia de Tlachichilco, una comunidad en la ribera de Chapala, cercana a San Pedro Itzicán, que por cierto siempre está lleno de niños de la calle

La cripta de "Irene" me impactó cuando la descubrí en 1986 en el lugar mencionado. En aquel entonces yo estudiaba Arquitectura y solíamos ir a co-nocer edificios antiguos para su análisis. Recién había llovido, estaba muy nublado y en el patio del Panteón de Belén había tenebrosos guayabos con sus ramas retorcidas y su fruto amarillo pudriéndose en el piso.

El cuento de "La bruja borracha", que se incrustó en una palmera, fue ins-pirado en un ocurrente arreglo similar que vimos en Mazatlán a principios de noviembre. Íbamos caminando mi Maru y yo cuando vi el arreglo y le empecé a inventar y contar el cuento improvisado. Al terminar le dije —Voltea —y vaya sorpresa que ella se llevó al ver a una bruja estampada en una palmera de verdad.

Soy tapatío, del 16 de diciembre 1966, por lo que el relato de las "Galletas Melinda" viene prácticamente intacto de recuerdos de posadas en la infancia en las cuales a veces me festejaban mi cumpleaños. Las deliciosas galletas descritas eran creación de mi bisabuela Joaquinita. Las alcancé a probar hace unos años, aún las horneaba mi tío Manuel cuando tuvo su panadería. De momento no hemos encontrado la receta, pero seguimos buscándola.

Espero que hayas disfrutado la lectura.

Jorge Calderón Riebeling
arquitecto
Nació el 1966 en Guadalajara.
Fundador del SPG®, la 1ra Fábrica de Pigmentos y Herramientas
para Concreto Decorativo en el Occidente de México.
Creador del 1er Instituto Internacional del Concreto
Decorativo de Habla Hispana.